U0927786

〔美〕唐纳德·巴塞尔姆 著
周媛 译

南海出版公司

新经典文化股份有限公司
www.readinglife.com
出　品

献给马里恩

死去父亲的头颅。最关键的是，他依然睁大双眼。直勾勾地盯着天空。那对眼睛蕴藏着二重蓝色，是吉卜赛女郎香烟盒上的那种蓝色。那颗头颅从未移动过。数十年的凝视。眉毛显得气度非凡，天啊，还有什么？粗长而气度非凡。还显得十分安详。这是当然，他已经死了，不安详还能怎样？他鼻型精致，连鼻孔的位置都那么精确，通过三角测量法可以测算出，从他鼻尖到地面大约有五米半的距离。头发灰白，却是一种看起来朝气蓬勃的灰色。浓密，几乎垂至肩膀，单单是欣赏他的秀发就可以花掉许多时间，很多人也确实这样做了，他们利用礼拜天或其他节假日，或者在规划满满的工作日挤出来的间隙前来观赏。下巴的曲线与棱角分明的石块有异曲同工之妙。轮廓粗犷，威风凛凛，诸如此类。宽大的下颌里容纳了三十二颗牙齿，其中二十八颗光洁白净，如同盥洗室的标准配置，另外四颗由于吸烟成瘾已经变得污渍斑斑。据传说所言，这四颗米黄色的牙齿正对着下颌的中心位置。谢天谢地，他并不完美。饱满的红唇微微向后扯开，有点龇牙咧嘴的感觉，但不是令人厌恶的那种类型；嘴巴里面，在两颗米黄色牙齿中间还塞了些鲭鱼沙拉的残渣。我们觉得那是鲭鱼沙拉。看起来也像是鲭鱼沙拉。而在关于亡父的传奇故事中，那就是鲭鱼沙拉。

死去，却依然与我们相伴；依然与我们相伴，却已死去。

所有人只记得他一直扎根在我们的城市里，如同一个陷入不安梦境的睡梦者，整个巨大的身躯从波马特大道一直延展到格里斯特大道。总长三千二百腕尺[①]。一半埋在地下，一半露出。为所有人的幸福夜以继日地工作。他掌控着轻骑兵。掌控着市场的上涨、回落和波动。他掌控着托马斯当下的思考，托马斯一直放在心上的念头，以及托马斯未来可能会有的想法，但也会有例外。他的左腿完全机械化了，据说那是他一切行动的指挥中心。为所有人的幸福夜以继日地工作。在左腿上，在突然出现的褶皱或凹陷里，我们找到我们所需的东西。用来进行忏悔的设施，配有滑门的小隔间，人们对着亡父进行忏悔，明显要比对着神父忏悔自在多了。这是当然！他已经死了。忏悔内容被录下来，打乱重组，经过艺术加工后出现在城市的剧院里，每礼拜五都有一部新上演的标准时长的电影。有时观众甚至可以认出属于自己的那个时刻。

① 古代长度单位，一腕尺相当于前臂长度。

亡父的右脚搭在波马特大道上，脚面裸露，只在脚踝处绑了一道钛合金的金属圈，在钛合金锁链的另一头连着数名亡者（【亡者】图❶诸如一长条混凝土块的东西，被埋在地下，作为亡父的锚），一共有八人，统统埋葬在花园里的一片绿植中。这只脚没什么特别的，只不过，它足足有七米高。右边的膝盖没什么过人之处，因为市民们都很理智，也没人试着炸毁它。从膝盖到髋关节（贝尔法斯特大道）的一切都再寻常不过。比如，我们会遇上股直肌、隐静脉、髂胫束、股动脉、股内侧肌、股外侧肌、骨中间肌、股薄肌、大收肌、长收肌、股中间皮神经诸如此类前机械时代才有的简单构造。他为所有人的幸福夜以继日地工作。有时，在右腿里面会发现微小的箭头。从来没有在（人造）左腿里面发现任何箭头，因为市民们都很理智。我们希望亡父保持死亡状态。我们坐下来，双眼饱含热泪，我们希望亡父保持死亡状态——同时，我们用自己的双手完成了了不起的工作。

1

上午十一点。太阳在天空中履行自己的职责。

男人们已经累了，朱莉说。也许你应该让他们休息一下。

托马斯向下挥了挥手，做出代表“休息”的动作。

男人们瘫倒在路边。缆绳散落在马路上。

这项伟大的探险，亡父说，这支跨越不为人知的乐池的华尔兹舞曲，这一小群兄弟们……

你不是谁的兄弟，朱莉提醒他。不要被华尔兹舞曲带跑了。

他们应当如此爱我，亡父说。要不停地拉，拉，拉，拉，历经漫长的日日夜夜，历经严酷的天气环境……

朱莉别过脸去。

我的孩子们，亡父说。我的。我的。我的。

托马斯躺下来，头枕在朱莉的大腿上。

我身上发生了许多可悲的事，他说，还有许多可悲的事即将发生在我身上，但最可悲的是那个叫埃德蒙的家伙。那个胖子。

那个酒鬼，朱莉说。

没错。

你是怎么遇到他的?

我站在广场上，我记得当时站在一个啤酒桶上，给大家挨个报名，突然听到脚下传来吞咽的声音。是埃德蒙。正在吸啤酒桶的龙头。

那你早就知道了。在你给他报名之前就知道了。

他乞求我。他当时很凄惨。

尽管如此，也是我的一个儿子，亡父说。

这件事将成就他，他说。我们的远征。我并不赞同。但一个人自认为有些事能成就他，你就很难否认。我给他报了名。

他的头发很漂亮，朱莉说。这一点我注意到了。

他很乐意丢掉那顶系铃铛的小丑帽，托马斯说。我们都是这样想的，他又补充道，目光锐利地看向亡父。

托马斯从自己的背包里取出一顶橙色的小丑帽，帽檐周围系了一圈银铃铛。

仔细想想，我从十六岁起就戴着这个讨厌的玩意儿，要么就是类似的东西。

十六岁至六十五岁，法律是这样规定的，亡父说。

这并没有让你得到人们的爱。

爱！这和爱没有关系。和组织纪律有关。

这些小脑袋真欢快，朱莉说。这帽子让人看起来像极了傻子。棕色配米黄色，褐色配灰色，红色配绿色，所有的铃铛都在摇摆。这是怎样的一幅画面。我想，这是群彻头彻尾的傻瓜。

初衷如此，亡父说。

如果我出门没戴它，我的耳朵会被砍掉，托马斯说。好一个念头。好一种想象。

我颁布的法令里，亡父说，有某种特殊的艺术性。

我们去吃午饭吧，朱莉说。虽然现在有点早。

马路一旁。桌布。晚餐铃。烤对虾。他们在桌布前按照如下布局就座：

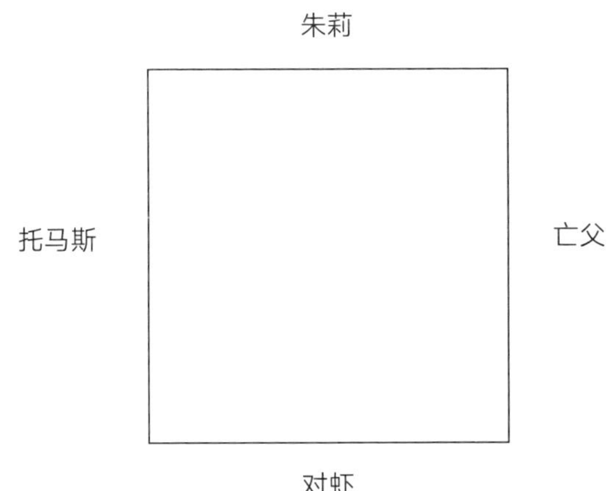

很不错。

还不赖。

有没有芥末?

在罐子里。

有东西在里面。

什么东西?

看那儿。

用你的手指把它夹出来。

该死的小家伙。

把对虾递过来。

甜点吃什么?

无花果酥。

他们心满意足地围坐在桌布旁，大口咀嚼。在他们前面，男人们也都开始吃午饭，缆绳散落在路旁。

很快我们就会抵达那里，亡父说。

我估计再有十四天或者十五天，托马斯说。如果我们朝正确的方向前进的话。

有什么疑虑吗?

总是会有疑虑的。

等我们抵达那里，等我将自己沐浴在那片温暖的黄色中，我就会重获青春，亡父说。我会再一次变得身强体壮。

身强体壮！朱莉惊呼。她把桌布的一角塞进自己的嘴巴里。

我亲爱的，托马斯说。他伸出一只手，未经任何指引便主动握住她一只漂亮的乳房。

不要在他面前这样做。

托马斯把手移开。

你可否告诉我们，他问，那个轻骑兵做了什么事？刚才我们路过的那棵树上吊死的那个轻骑兵。

违反了一条法令，亡父说。我忘记是哪条了。

哦，托马斯说。

没有人可以违反我的法令，亡父说。他咯咯笑起来。

他可真是自鸣得意啊，对不对，朱莉说。

是有一点，托马斯说。

只有一点，亡父说。

他们深情地互相凝视。三道深情的目光就像探照灯一般绕着对虾打转。

他们收拾好东西。托马斯给出信号。缆绳猛地一动。太阳静止不动。树。植物。野生醋栗。天气。

有机会的话，我会让你们摸一摸它的，亡父说。你们两个都可以。

谢了，朱莉说。

等我拥抱它那美丽的光泽，或者沐浴在那光泽之下，亡父说，所有这一切都会是值得的。

他停顿了一下。

即便那缆绳也是。

他又停顿了一下。

即便那些你雇来拉缆绳的呆子们也是。

志愿者，每个人，托马斯说。他们都乐意为您效劳，乐意为您穿上仆从的制服。

无所谓。当我紧紧握住那一缕缕夺目的金光，将它们贴在我这古老的胸口上——

恐怕他期望得太高了，朱莉说。

托马斯把他的剑扔进一丛灌木。

这不公平！他大声叫嚷着。

什么不公平？

为什么我心情这么糟糕？他一边问，一边张望四周，似乎在寻找答案。

你病了吗？

我倒是可以吮吸某只乳房来缓解一下，托马斯说。

不要在他面前这样做。

他们退到亡父视线之外，退到一丛茂密的野胡萝卜花后。朱莉在地上坐好，掀开自己的上衣。两只乳房袒露出来，左边那只比右边那只小了一点，但也同样迷人。

啊！过了一会儿，托马斯说。没有什么比吸上一口乳房更妙的了。还有吗？

只要我活着就有，亲爱的。

托马斯把头埋得更深。

朱莉系上上衣的纽扣。他们手拉着手从花丛中走出来，托马斯用没有牵着的那只手摸着下巴。

有一点被忽视的感觉，亡父说。一点点，这就是我现在的感受。

忍着吧，托马斯说，从灌木丛中取回自己的剑。

被排除在外，亡父说。

这是因为你已经是个糟老头子了，朱莉解释说。糟老头子本来就得不到什么。

听到这句话，亡父一跃而起，旋风般冲向马路尽头。他身上的金色长袍令他浑身闪闪发光。缆绳拖在他身后。

他把他的缆绳落下了。托马斯说。

他们跟在他身后冲了过去。等他们追上他，眼前是一片可怖的景象。

亡父正在一群乐师聚集的音乐之乡大肆屠杀。他首先杀死了一个竖琴手，接着是一个在毒蛇面前吹奏的表演者，然后是一个鼓手，还有一个吹波斯小号的，一个吹印度小号的，一个吹希伯来小号的，一个吹罗马小号的，以及一个吹中国铜皮木制小号的。还有一个吹骨制号角的，一个吹滑管小号的，一个头上披着猫皮用羊角号吹奏出澎湃的低音的，三个吹猎号的，几个吹海螺壳的，一个吹双直管的，吹奏各类横笛的，一个吹排箫的，一个吹巴松管的，两个鹧鸪哨吹奏者和一个吹赞波尼亚、指法灵动、声音悦耳的人。在稍作休整的间隙，他又顺手杀了四个信号手，一个肖姆管演奏者，一个把水罐当打击乐器敲的人，一个把锁骨当乐器演奏的女人，一个抚西奥伯琴的，无数因紧张而手指颤抖的鼓手，此外还有一个大鲁特琴手。随后，亡父挥着手中的剑，又杀了一个弹西特琴的，五个弹七弦竖琴的，数个弹曼陀林的，还杀了一个小提琴手，一个拉袖珍提琴的，一个弹索尔特里琴的，一个弹扬琴的，一个拉手摇风琴的，一个拉雷贝琴的，各式各样的定音鼓鼓手，一个敲三角铁的，四十个玩指钹的，一个木琴艺术家，两个敲锣的，一个倒下之时手里还握着自己的小铁锤的敲欧洲编钟的，一个双陆棋专家，一个弹马林巴琴的，一个摇沙槌的，一个打鹰皮鼓的，一个吹笙的，一个弹卡林巴琴的，一个操控镀金球的。

亡父停下来休息，双手握着剑柄，剑深深地插在不断冒出热气的红色土地中。

这是我的怒火，他骄傲地说。

随后，亡父把利刃收回剑鞘，从裤裆里掏出自己那个年岁已久的家伙，在死去的艺术家们的尸体上撒尿，时而滴滴答答，时而一泄如注，他竭尽自己所能——四分钟，一品托的量。

了不起，朱莉说，可惜他们全是一群废柴。

我亲爱的，托马斯说，你对他的态度过于严苛了。

我对他以及他所代表的一切都怀着最深的敬意，朱莉说，让我们继续前进吧。

他们继续前进。

2

乡下。繁花。四下蔓延的白浆果。路上积满尘土。汗珠从细小的汗腺冒出。缆绳。

这附近乡下的景色很美，朱莉说。

美不胜收，托马斯说。

活着真棒，亡父说。能够呼吸。感受体内的肌肉相互咬合。

你的腿怎么样了？托马斯问道。那条机械腿。

它现在盖世无双，亡父说。非比寻常，用这个词形容再合适不过了。我真希望我的右腿也像左腿一样。这个能干的老伙计。

你是怎么得到这条腿的？托马斯问。是意外还是专门设计的？

设计的，亡父说。在我庞大的躯体内，有充足的空间，各种各样的经验都是必需。因此，我决定了，机械器官就是我这庞大躯体所需经验的一部分，有充足的空间留给它。我想了解机器都知道些什么。

机器都知道些什么？

机器随时保持清醒，从不抱怨，永远高效，而且会为了所有人的幸福永无休止地工作，亡父说。它们做梦的时候会梦见自己停止运转。梦见最终的大结局。它们——

那是什么？托马斯打断他。他指着马路的一边。

两个孩子。一个男孩。一个女孩。年纪不太大。也不太小。手拉着手。

坠入爱河的孩子们，朱莉说。

坠入爱河？你怎么知道的？

我有一双发现爱的眼睛，她说，爱就在那儿。清晰的一瞬间。

孩子们，亡父说。狂妄自大的小家伙。

那是什么？孩子们指着亡父问道。

那是亡父，托马斯告诉他们。

孩子们紧紧抱住彼此。

我们觉得他看起来不像是死了，女孩说。

他还在走路，男孩说。不管怎么说，他还站着。

他只是从某种意义上来说死去了，托马斯说。

两个孩子嘴对嘴亲吻。

他们看起来没受多大触动，亡父说。那种敬畏感哪儿去了？

他们彼此为对方沉沦，朱莉说。无暇顾及多余的敬畏情绪。

看起来还没到能这样做的年纪，托马斯说。你们多大了？他问。

我们二十岁，女孩说。我十岁，他十岁。够大了。我们这辈子都会一直生活在一起，会一直相爱到死。我们知道。但不要告诉别人，因为如果这个真相传开，我们就会挨打。

他们这个年纪不是应该互相扔石头吗？托马斯问。

总会有一些非凡的特例，朱莉说。

我们已经用一把 X-Acto 牌美工刀割破了手指，把我们的血融在了一起，男孩说。

两根小小的食指伸了过来，指尖还有刚刚结的短痂。

你们给刀子消毒了吗？但愿消毒了吧？朱莉问道。

我们把它在伏特加瓶子里晃了晃，女孩说。据我判断这样足够了。

那应该就可以了，托马斯说。

我们永远都不会分开。我是希尔达，他是拉尔斯。等他到十八岁，他会拒绝服兵役，我也会做点什么坏事，这样就可以和他进同一座监狱，具体做什么我还没想好。

佩服，朱莉说。

我们现在在一起，希尔达说，会一直在一起。你年纪太大了，不会明白这到底是怎么一回事的。

我年纪太大了？

你一定二十六岁左右了。

没错。

他的年纪更大，她说着，用手指向托马斯。

大了不少，托马斯承认道。

还有他，她指着亡父，他一定岁数很大了，我猜不出来。也许一百岁了。

错了，亡父开心地说。错了，但很接近。比一百岁还要再老一点，但也更年轻。我就喜欢同时处于两种相反的状态。

你脑子里堆了这么多年的事，希尔达说。如此一来，你已经记不清当一个孩子是什么样的感觉了。你可能早就不记得那种恐惧了。它那么大。你那么渺小。毛毯下的利刃。

现在也还是这样，它的存在大于我的存在，托马斯说。但人在这种情况下也可以过得相当不错。

相当不错，女孩说。这个词选得好。

两个孩子开始互相爱抚，用手，用脸颊，用头发彼此触碰。

我们非得看着吗？亡父问。这种令人恶心的肢体接触。

你现在处于一个新世界，托马斯说。九岁的孩子会因为强奸罪被逮捕。但现在可不是那么一回事。要心怀感激。

恶病质，亡父说，我觉得就是这么回事。病态。我应该颁布一条法令禁止这种事。

你们还在上学吗？朱莉问孩子们。

我们当然在上学，希尔达说。为什么每个人遇到小孩都要问他或者她有没有上学？我们都在学校里。无法逃离。

你想逃学吗？

你没想过吗？

你们在学校里都学些什么？

我们充分享受语言带来的甜美快感。我们学习造句。来我这儿。我可以去你家吗？圣诞节每年只过一次。我会解答你的问题的。光亮了，又暗了。成功只会眷顾努力的人。礼拜二跟在礼拜一之后。她的咏叹调在第三幕。牙膏装在牙膏管里。桃子长在树上并且不认真工作就没有好结果。这是欠缺考虑造成的。婴儿在凌晨出生。她来自华沙。他家境优渥。熟能生巧。我会在月光下向你走来，尽管——

我觉得这个小家伙有点自以为是，亡父说。我要设法让她进一所特殊教育学校，还有她那个嘴拙的同伴。

如果你这么做，我们就跳进水库里，拉尔斯说，一起。淹死。我要告诉你一件事，它令人无比震惊、大吃一惊、倍感惊异、拍手称奇、欢欣鼓舞、难以置信、闻所未闻、独一无二、卓越不凡、不可思议、无法预知，宏大又渺小，罕见又寻常，显而易见但在今天之前都还不为人知，妙不可言且令人羡慕；总的来说，这件事史无前例，虽然从前发生过一次类似的事，但实际上并没有可比性；我们发现在巴黎这件事无人相信（既然如此，在里昂，又怎么可能有人信？），这件事会让所有人大声发出惊叹，这件事会给知晓它的人们带来巨大喜悦，总的来说，这件事会让你质疑自己的理智是否还在：我们并不在乎你是怎么想的。

我受到了冒犯，亡父说。

我只是在引用塞维涅夫人[1]的话，男孩说。除了最后一部分，我说的那部分。

这些孩子被调教得太好了，亡父说，特殊教育学校是他们的归宿。

是那种看起来像动物园的地方吗？

有笼子，没错。不过后来我们也尝试过在周围挖护城河。

那可没门儿，孩子们说。

孩子们站在那儿，双手忙着互相清洗。

我受不了了，看不下去了，朱莉说，我们继续前进吧。

这些孩子很古怪，托马斯说，不过讲句公道话，所有孩子都很古怪。

托马斯冲着男人们大喊：继续前进，继续！

缆绳收紧。

送给孩子们的小礼物：一台机动割草机，一台搅碎机。

在他们即将共同度过的漫长岁月里，他们会用得上这些

① 塞维涅夫人（1626—1696），法国书信作家，代表作有《书简集》。

的，托马斯解释道。

再见！再见！孩子们大喊。不要告诉别人，请不要告诉别人，永远不要告诉别人，永远不要，拜托了！

我们不会说的不会的不会的！他们喊了回去。亡父没有叫喊。

孩子们，他说。没有孩子我就当不上父亲。没有童年就不会为人之父。我从来没想要过这些，这些都是强加给我的。算是一种贡品，但没有这些我也一样能行。我得像父亲一样照顾数以千计乃至上万的孩子，把每一个都养大，让小小的一群渐渐膨胀成大大的一群，历经数年，还要确保长大的那一群里的男人都戴好他们带铃铛的小丑帽，不是男人的那些则要留心遵守“初夜权”的规矩；送走那些我不想要的孩子令我尴尬，送走那些我其实想要留下的孩子令我痛苦；把他们送进城市生活的湍流，他们再也不能温暖我那冰冷的长椅；还要管理轻骑兵，维持公共秩序，保证邮政编码排列有序，让排水沟排出浊闷的空气；我更愿意一直待在书房里，比较克林格[①]的作品的多个版本，第一版，第二版，第三版，诸如此类。书脊有没有断裂？还有很多，书本上有没有水渍或者其他污痕？但这是不可能实现的，一切都在向前推进，人数不断增加，大量繁殖，大量繁殖，我不得不当他们的父亲，这是自然秩序，数千人，

① 弗里德里希·马克西米利安·冯·克林格（1752—1831），德国剧作家、小说家。

上万人，可是我希望研究别的，比如比如比如我把一张木纤维的垫子放在一块粗破布旁边会不会掉色，地下传来的震动是否能将我的粉笔震出粉笔灰来。我从来没想要过这些，这些都是强加给我的。我想担心太阳为什么会让我最珍贵的事物渐渐褪色，深褐色变成浅褐色，甚至是空调的黄色，到底该如何保护它们，避免这种伤害，诸如此类。但是不行，我必须吞噬它们，数以百计，数以千计，fee-fi-fo-fum[1]，有的时候还得吞掉他们的鞋子，只要对着孩子们的腿脚咬一大口，你就会发现牙缝里塞满了剧毒的运动鞋。头发也是如此，多年以来上百万吨的头发一直堆积在排水沟里，为什么不能把掉下来的头发扔进水井里，丢到山坡上任凭风吹日晒，或者丢到铁路模型上，让它们一不小心就触电烧成灰呢？最糟糕的要数他们的蓝色牛仔裤，我吃了一顿又一顿没有好好洗干净的蓝色牛仔裤，T 恤衫，纱丽，托姆·麦肯牌皮鞋。我猜我应该先雇些人，让他们提前帮我把这些玩意儿都扒下来。

相信我，亡父说。我从没想要过这些，我只想坐在自己那把舒服的扶手椅上，体会法比阿诺牌水彩纸的精致触感，冷静地考虑自己是不是是不是是不是又被二次印模的伪造硬币骗了，会不会有哪个狡诈的家伙把旧的铜刻版重新镀膜，然后加

① 押韵歌谣，出自英国童话故事《杰克与豆蔓》中巨人的自言自语，全文为："fee-fi-fo-fum; I smell the blood of an Englishman. Be he alive or be dead, I'll grind his bones to make my bread."

印了几千份，我只想思考某个东西是出自 HL 大师还是 HB 大师又或者或者或者或者——

他的确可以一直说个不停。

然后一直说一直说一直说，托马斯说。不管怎样，他挺过来了。

他确实挺过来了。

我是挺过来了，亡父说，因为我心怀希望。

告诉我，朱莉说，你是否曾考虑过油画或者涂鸦或者素描？画画你自己？

没有这个必要，亡父说，因为我是唯一的父亲。所有的线条都是我的线条。所有的形状、所有的土地都是我的，出自我的头脑。所有的颜色都属于我。你懂我的意思。

我们别无选择，朱莉说。

3

暂停一下。男人们放下缆绳。男人们从远处打量着朱莉。男人们站着。压缩肉饼被专门用来切分压缩肉饼的刀子切成一大块一大块的。埃德蒙举起酒瓶送到嘴边。托马斯拿开酒瓶。埃德蒙提出抗议。托马斯表示责备。朱莉给了埃德蒙一口大麻。埃德蒙表示感激。朱莉用白色的手绢擦拭埃德蒙的额头。缆绳散落在马路上。天空的蓝色。大树相互倚靠。鸟儿叽叽喳喳，草丛发出低语。亡父弹起自己的吉他。托马斯扮演起领导者的角色。制订计划。摊开地图，神圣的豆子在占卜罐里弹上弹下。抛出蓍草棍。摇晃骰盅。烤羊肩胛骨，解读骨头上的裂纹。在筛子上猛摇豆粒。小斧子狠狠地砍在巨大的木桩上，并记录下斧柄震颤的频率。挖出第一批发芽的洋葱，触摸洋葱皮的纹路。所有的预兆汇总在一起，总数除以七。托马斯昏倒在地。

扶起托马斯。亡父中途停下弹奏。湿布搭在托马斯的前额上。他苏醒过来。旁观者充满焦虑。预言说了什么？众人大张着嘴，对预言的揭示充满期待，大块压缩肉饼的残渣还留在嘴边。托马斯保持沉默。男人们愤怒。托马斯盯着一双双鞋子。男人们愤怒。埃德蒙把酒瓶送到嘴边。爱玛出现了。托马斯吓了一跳。谁是爱玛？爱玛在一个箱子上坐下。朱莉打量着爱玛。她迎上她的目光。两个人谁也不服输地瞪着对方。爱玛用手把玩自己的胸针。朱莉站着，双手紧贴着藏在裙子里的大腿。托马斯摆弄着剑柄。大部队一片寂静。爱玛的一头金发。爱玛高耸的胸脯。爱玛闪烁着愉悦的双眼。众人愕然。亡父开始列举自己的学历。从 B.S.A——农业科学学士学位，到 B.S.S.S——秘书学学士学位。托马斯不怀好意地看着亡父。砍掉蕨类植物，在一张由蕨类植物铺就的床上，单膝下跪的骑兵送给爱玛刚刚从有鳟鱼的小溪里抓来的鳟鱼。爱玛很满意。爱玛后颈上象征愉悦的细小绒毛飘了起来。爱玛建议（马上）烹制鳟鱼，并从手提袋里取出一罐杏仁薄片。男人们生起火来，所有的压缩肉饼都被抛到脑后。更多的鳟鱼从小溪中被“请”了出来，人们迫不及待。太阳藏在大片云彩后面，天色逐渐灰暗。阳光衰退直到消逝。架好放映机，准备放映情色电影。托马斯认为亡父不应该观看电影，毕竟他的年纪摆在那里。亡父狂怒。在他的狂怒下，吉他被重重摔在树上，吉他之死。吉他的尸骸被投入火堆中。托马斯坚定不移。亡父暴怒。爱玛端坐在王座之上。朱莉依然盯着她。鳟鱼渐渐烤熟变色。托马斯走到边缘处。凝视边缘。体内有一部分想要冲出边缘。托马斯从边缘处退回。杏仁薄片被分发到不同的煎锅里，撒在逐渐变色的鳟鱼上。放映机在（可折叠 / 便携）屏幕上投出画面。亡父被领到一边，用锁链锁在远处一片空地的废弃发动机组上。亡父大声辱骂。你们会变成一群瞎子，诸如此类。托马斯无视他。影片。派对上的一幕，男人和女人，第四位客人，一个女人，她站起身，坐到第二位客人的大腿上，另一个女人，她们开始互相抚摸乳房。第九位客人，一个男人，慢慢靠近第六位客人（那个跪在地上，头埋在第五位客人双腿之间的女人），并开始脱掉她的牛仔裤。第九位客人解开第六位客人的腰带，拉下牛仔裤的拉链，把牛仔裤一直褪到她的臀部。第九位客人小心翼翼地脱下第六位客人的内裤——内裤是橙色的，然后把他的拇指直直插入她的双腿间。人群中一些人看着大屏幕，一些人看着爱玛，一些人的视线在爱玛 / 屏幕 / 爱玛 / 屏幕之间不断切换，还有一些人的视线在爱玛 / 屏幕 / 朱莉 / 屏幕 / 托马斯之间来回切换。

爱玛的笑容触及每个人的面庞而且谁知道呢？或许也照进了心房。爱玛微微仰头——她面向火光转过头去，脸色在火光中微微发红。朱莉皱了皱眉，她正把鳟鱼里细小的骨刺拣出来。即将宣布就座次序的安排。爱玛的笑容制造困惑，有些人回之以微笑，有些人没有这样做，有些人沉浸在影片中，还有些人相互拥抱，四肢纠缠在一起，寻找相互的舒适与抚慰，还有些人手脚并用，悄悄靠近爱玛坐着的那个箱子，就在这时——

爱玛站起身来，伸出双手。她接过煎得焦脆的鳟鱼，上面还有沾满美味酱汁、黄油和香草的杏仁薄片。爱玛咬了一口鳟鱼，鳟鱼上出现了一个被咬掉的 U 形缺口。男人们鼓掌。双手重重拍在一起。托马斯下令停止播放影片。他说，这部影片并不能准确体现人类爱情的特征。有什么东西被遗漏了，他说。男人们愤怒。托马斯就该话题发表了十五分钟的演说，讲他（个人）对情色片的热爱。尽管如此，这部影片，这部影片，他说，要被关掉。第九位客人开始用拇指在第六位客人的身体里缓缓进出，整个画面变成明亮的白色。男人们愤怒。女人们愤怒。有人吹哨，有人重重跺脚。亡父仍在远处的空地上咆哮。托马斯又一次走向边缘。

没有了影片。男人们躁动不安。胆子大一点的人离箱子更近了。他们近距离密切注视着箱子上爱玛的臀部。胆子最大的人灵巧地把自己的脑袋探进爱玛的裙底，没人知道他将在那儿看到怎样的风景。但这些尝试并没有成功，爱玛秀丽的小脚把他踢了出去。这会让他们吃个教训。人们仍然在捧着鳟鱼大快朵颐，还有傻孩子蘸着莳萝酱狼吞虎咽。这会让他们吃个教训。他们嘟嘟囔囔，夹杂着尖叫。爱玛站起来，舒展身体。然后是决斗，亚历山大对战萨姆。他们都刺伤了对方的肩膀。托马斯给他们缠上绷带。朱莉走向爱玛。对话。

你是谁的小女孩?

我凑合着过，我凑合着过。

该走了。

希望刚好在合适的时间告知你。

坏事也可能发生在人们身上。

这算是威胁吗?

把他拉到这么远的地方，却没有任何震撼人心的嘟嘟声。

这算是威胁吗?

随你怎么理解。

还有鱼要煎。

我们保证付出一切努力。

谁是老大?

穿橙黄色短裤那个。

他长得还不错。

这只是一种看法。

还想再待一会儿。

如果你想兴奋一点的话，可以吃一片这个。

谢谢你。

两片就太多了。

那是你的看法。

既然你还没有对我的建议做出回应。

你们要带他去哪里?

我们保证付出一切努力。

超出了我的承受能力。

不，并没有。

对普通人而言是可怕的侵犯。

不，并不是。

他长得还不错。

我还没有做出决定。

你一定学过英语。

相信我说的话。

那让你感觉怎么样?

还不算是最糟糕的体验。

我在约克郡当过一段时间的女王。

你认识拉格兰勋爵吗?

我知道拉格兰勋爵。

他长得还不错。

英俊、聪明、富有。

我记得约克郡本来没有女王。

是的。

该走了。

还想再待一会儿。谢谢你。

两片就太多了。

那是你的看法。

尽管如此，尽管如此。

各种各样的情况都需要我去留意。

我能让你的日子不好过。

如此饱满，如此橙黄。

你并不知道自己被卷进了什么事里。

希望刚好在合适的时间告知你。

在一个漆黑的夜晚醒来，眼睛里插了一根拇指。

女人联合在一起，改变那些能改变、也应该做出改变的事。

在我面前甩动他的睾丸。

超出了我的承受能力。

不，并没有。

会疼吗?

我不知道，我不知道，我不知道。

他长得还不错。

我还没有做出决定。

因为我们身边的这群人需要指引。

也许吧。

他是个怎样的人?

那是我的事。

你试过和别人干这事儿吗?

那是我的事。

想要在附近看一看，看看风景。

我能让你的日子不好过。

这算是威胁吗？

随你怎么想。

我问过他关于组织的事。

他是怎么和你说的？

摧毁它，好让水流自由地流淌。

我知道这种意有所指的痛苦。

但有一位少女淹死了。

他们找到那具尸体了吗？

找到三具。其中两具是羊的尸体。

哦，是的，我读到过这个消息。在《瑞典日报》上读到的。

他觉得自己有罪。

我从没问过他。

一切都经过精心的考虑。

他就是个该死的浑球，我告诉你，千真万确。

尽管如此。

我们必须完成该做的事，即便要付出巨大的个人和情感代价。

其他人里面有没有好的？

还没有试过别人。

我以为听见了狗叫声。

那是有可能的。最简单的基本元素逐渐发展成最丰富的自然存在形式。

你喜欢玩打屁股那一套吗？

不，我不喜欢。

真遗憾。我们本可以做点什么。

我不喜欢那一套。

这附近哪个地方能让这副身体挨上一拳？

如果你想兴奋一点的话，可以吃一片这个。

谢谢你。圣枝主日[①]。

希望你知道自己在做什么。真心实意。

并没有太多困扰，谢谢你。

该走了，该走了。

走在海边，听海浪的声音。

觉得我要流鼻血了。

给你我的手绢。

我自己有一条，谢谢你。

我可以把它放在一块砖头里，他说。

一个满嘴污言秽语的男人。

他长得还不错。

你试过和别人干这事儿吗？

我最近才来，想先清洗并好好休息一段时间。

---

① 复活节前的星期日。

我们保证付出一切努力。我能让你的日子不好过。

会疼吗?

我的判断。可能会，也可能不会。

我以为听见了狗叫声。

一个乏味的灵魂很难与他表面上呈现出的那种快乐达成和解。

很不光彩地离开巴塞罗那。

我从一开始就怀疑他了。

有一些寻衅滋事是政府没有办法处理的。

现在言之尚早。那个胸针真好看。

是我母亲的。她死后留给了我。

再见再见再见。

我想我还会在这儿待一会儿。

这就有点意思了。

了解地貌特征。

这就有点意思了。

你告诉他了吗?

很惭愧，我还没告诉他。

你到底有没有可能来见我。

我亲切地催促。我温柔地恳求。

一切都仔细考虑过了。

什么?

我以为听见了狗叫声。你认识拉格兰勋爵吗?

我们的马车交错驶过时，我们曾互相点头致意。

从这里离开，从这里离开。

不要在今天做这种事，不要在今天做这种事。

如果你想兴奋一点的话，可以吃一片这个。

会疼吗?

4

前进的路线。缆绳的方向。从上方俯视，是这样一幅图：

随后，他们遇到一个在一片空地上开酒吧的酒保。

太好了，托马斯说。

松开缆绳。

给每个人倒上酒。

啊！托马斯说。

还不坏，亡父说。

好喝，爱玛说。

再来一杯，托马斯说。

刚才是伏特加，对吧，酒保问。

还加了冰块，能再给我加三颗橄榄吗？

三颗橄榄，酒保说。

调好酒，他抱着双臂，靠在一棵大树上。

你看到那些马了吗？亡父问。

那一群一共八匹，朱莉说。我数过了。

黑色的鬃毛，托马斯说。黑色的缰绳，黑色的马具。

都是黑马，亡父说。

站成一排，训练有素，没发出哪怕一声嘶鸣。

也许它们不是真马？亡父发问。

它们是真的，托马斯说。

朱莉又点了一杯酒。

你已经喝得够多了，酒保说，不能再喝了。

他是对的，托马斯说，你已经喝得够多了。

我会自己判断我到底是不是喝多了，朱莉说，我想再喝一杯。

如果你烂醉如泥或者大发酒疯，他就可能被吊销营业执照，托马斯说。

千真万确，酒保说，我有可能被吊销营业执照。

在这儿？朱莉问，并用手指了指眼前的空地。谁会在这儿大发酒疯？

这就说不准了，亡父说。口渴的朝圣者，本地人，出差的商人。

来两杯吧，朱莉说。

我们不对无人陪伴的女性提供服务，酒保说。

但有人陪我，不是吗？

你指的是穿橙色紧身裤的这位还是披着金色长袍的这位？

他们俩都是。

我看见他把拇指放到下面去了，酒保说，我敢打赌他的拇指就放在那个地方。要我说这也太惊世骇俗了，在公共场合做如此粗鄙的事。

惊世骇俗，亡父开心地说。我活了这么多年，从来没有——

现在，你是个顾家的男人，酒保对亡父说。这一点显而易见。

正是如此。

你有孩子，酒保说，肩负重任。

数不清的职责。

我想也是，酒保说，我可以和你交谈，我们可以彼此理解。

是的，来吧。

我们可以进行谈判，酒保说，组织碰头会。

托马斯抬头看着黄色的天空。

在母牛回栏之前，亡父说，我们的思想基本在同一波长上。

当他把拇指放到那个地方的时候，酒保问，你有什么感觉?

被排除在外，亡父说。

纽扣纽扣谁有纽扣？朱莉大喊。我有纽扣。

我能看看吗？酒保问。

我能再来一杯吗?

吧台上出现了一杯调和苏格兰威士忌。

朱莉一口喝光了杯子里的威士忌。然后她脱下衬衫。衬衫里面什么都没穿。

我不是这个意思，酒保说，但是天啊。

一群人聚过来，男人和女人都有。他们大笑起来。

托马斯用手抚平朱莉的小腹。

别摸！她说，你这样别人会生气的。

人群中的笑声止住了，男人和女人都停了下来，他们走近了些，用愤怒的目光注视着托马斯。

你以为你是谁啊？一个男人愤怒地大喊。

我是这位女士的情人，托马斯喊了回去。

别碰我们的小腹！那个男人又喊了起来。

你们的小腹？托马斯开口反问，语气尖利。

众人靠得更近了。

无数只手朝着她的小腹伸了过去。

大部分时候我们遇不到这么大一群人，酒保说。

托马斯开始用口红在她的小腹上写些什么。那雪白的，淘气地蜷起的小腹。

哦，你这个无赖！众人大叫。哦，你这个流氓！

朱莉把自己的小腹转向众人。阳光在她（紫色）的乳头上跃动。

爱玛坐在吧台，一脸愠怒。她喝着一杯金巴利苏打鸡尾酒。

托马斯把衬衫递给朱莉。

我们的小腹！他们说。他要把它夺走了！

小腹朝着仰慕者的方向，像蹦床一样起伏。

朱莉穿上衬衣，把露出的下摆塞回深绿色及地长裙里。

她看着托马斯。

我难道彻底失去我的美貌了吗？

还没有，他说。

相当美妙，亡父说。当然，我受到了冒犯。

忍着吧，朱莉说。

绿色的原野映衬着你粉色的肌肤，托马斯说。我最喜欢的两种颜色。

他们告诉我，你从小就是个色盲，亡父说。我从不相信你是真的色盲。我的儿子。

我以为我是色盲，托马斯说，因为他们都说我是色盲。绿色色盲，他们说。

我从来不觉得你是色盲。你看到的颜色我们一致同意是绿色。

过去和现在我都认为那是绿色。

从来都没觉得你是色盲，或者笨蛋，亡父说，尽管专家不是这么跟我说的。

你心怀希望，托马斯说。为此表示感激。

我的意见在于，你从来就没法理解大局，亡父说。年轻男人从来都不能理解大局。

我并不是说我现在就理解了。但我确实理解大局的框架。即界限所在。

框架当然容易理解多了。

年长的人总是倾向于忽视框架，即便那框架就摆在他们眼前，托马斯说。他们不愿意去想这些事。

亚历山大靠近托马斯。

看那里，他说。他指了指。

山顶有个骑马的人。

我想他应该是在尾随我们，亚历山大说。

你之前见到过他吗？

昨天。总是保持同样的距离。

不是我们刚才在路上看到的马吗？

不是。那些是黑马。他骑的是红棕色的。

我在想他是谁，托马斯说。他看着亡父的手表，他正戴在手腕上。

好吧，他说，我们上路吧。

缆绳拉紧。人们零零散散走在路上。骑马的人跟在身后。

5

托马斯帮忙拽缆绳。朱莉背着背包。亡父正在吃一碗巧克力布丁。

当我向你们求助的时候，他说，我并不是真的需要帮助。

当然不是了，托马斯说。

从根本上讲，我做这一切是为了你们，亡父说。为所有人好，因此，就是为了你们。

托马斯一言不发。

和其他很多事一个道理，亡父说。

托马斯一言不发。

你从来都一无所知，亡父说。

托马斯转过头来。

你跟我们说过，他说，一遍又一遍。

哦，是啊，确实是，我也许时不时跟你们提到一些奇怪的法案。但是你从来不曾了解。彻底全面的了解。因为你不是一位父亲。

我是的，托马斯说。你忘了埃尔西。

埃尔西不算，亡父说。一个儿子永远也不可能完完全全成为一位父亲。也许能尽到非专业人士最大的努力。一个儿子足够认真努力的话，确实有可能在技术层面上生出被当作孩子的东西。但他永远是一个儿子。从最完整的意义来说。

一时寂静无声。

你最近有她的消息吗？埃尔西的？

三个月前，托马斯说，有一张明信片。上面画着一只公狗崽，眼睛瞪得很大。她说，爱你。

那是四个月之前，朱莉说。

三个半月前。她说她现在打曲棍球。她说她担任左内锋。

曲棍球，亡父说。在球场上追逐那个硬邦邦的圆球。锻炼大腿肌肉。有的时候过于发达。

托马斯猛地一拉缆绳。亡父摔倒了。朱莉和爱玛把他扶起来。

一大团一大团的大腿肌肉，就好像一盘红色的龙虾空壳，亡父说，我能想象出那个画面。反美学的。很遗憾在一个十二岁女孩身上看到这些。

我写信让她不要追求极端，托马斯背对着亡父说。

你为什么要和他在一起？亡父问朱莉。一个小男孩。一个巨婴。弱不禁风。也许他连那个纽扣都没找到。

他找到了，她说。

那个大吗？亡父问。

足够大了。

是嫩红色的吗？

挺嫩的。

我能看看吗？

哦，我真是受够你了！朱莉大喊。

她双拳紧握，双臂高高挥向空中。

可我还没受够你，亡父说。

那是你不走运，她说。不是我倒霉。是你。倒霉你个奶子。

奶子，亡父说。舔一小口？

你真让人难以置信。

托马斯走回亡父身边，在他额头上重重打了一下。

亡父说：这太他妈的让人不痛快了！

然后说：如果我现在恢复雄风就好了！

我们正在往那个方向努力，托马斯说。

等我把自己沉浸在那片神圣的黄色电流里，亡父说，届时我将重整旗鼓。

最好不要抱有太高的期待，托马斯说，这样会降低成功的可能性。

可能性！金羊毛的故事可不只是可能性吧？

那是种卓越的可能性，朱莉迅速说。一种美妙的可能性。

你们注意到现在的天气了吗？托马斯问。

所有人转过头去查看天气。

天气不错，朱莉说。天气极好。

十分愉悦的一天，爱玛点评道。

愉悦的一天，亡父说。

极其愉悦，托马斯说。

曾经在类似今天的某个日子里，亡父说，我孕育了巴拉邦江[①]的台球桌。

什么玩意儿？

那个故事说起来很有意思，亡父说，我现在就讲。当时我被某个少女的样貌吸引，一个长着一头乌黑长发的少女——

他看了看朱莉，她的手已经在摸自己那一头深黑漆黑的长发。

一个貌若天仙的黑发少女。她的名字叫作图拉。我给她送过许多礼物。大部分都是小型机器，比如一台可以把她的名字刻在金属带或者塑料上的机器，一台可以从文件上回收订书钉的机器，一台可以剪指甲的机器，一台在蒸汽辅助下可以消除纺织品上褶皱的机器。行吧，她接受了所有的礼物，不算什么难事，但她对我唾弃有加。现在你也许能想象到，我这个人并不怎么喜欢被别人蔑视。我不习惯这样。在我的疆域里绝不会

① 可以指任何虚构出来的幻想之地，或者是发生一些奇妙故事的传说之地。

发生这种事，但不幸的是她刚好住在国界线以外。我不喜欢被人蔑视。事实上，我很明确地抵触这种事。所以，我把自己变成了一个发型——

一个发型师？朱莉问。

一个发型，亡父说。我把自己变成了一个发型，套在我一个手下的脑袋上，那个年轻小伙子挺英俊的，比我年轻，比我年轻但比我蠢，这个就不用赘述了，尽管如此他身上还是有一种粗鲁的魅力。他是个秃子，脑袋像塞满了猪油的猪膀胱，因此，他在有女士的场合有些缺乏自信。所以，我利用我那飘逸的鬓角长发，就好像用膝盖指引马儿前进一般——

那个骑马的人还在跟着我们，托马斯提了句。我在想为什么。

我派他朝着令人愉快的图拉慢步小跑过去，亡父继续说。他的发型是那么鹤立鸡群——我的意思是，作为发型的我那么出众，再加上他又是如此年轻拙稚——我并不会怪罪他的笨拙，她马上就被折服了。想象一下那个画面。第一个晚上。无与伦比的触动。关键时刻我把自己又变了回来（让那个下贱的仆人人间蒸发），我们两个人，我和她互相看着对方，心满意足。我们共度了许多个夜晚，每晚都在纠缠嘶吼，充斥着狂暴的快感。那些夜晚，在她身上，我孕育出了扑克筹码、收银机、榨汁机、卡祖笛、橡胶制扭结面包、布谷鸟钟、钥匙链、储钱罐、比例绘图仪、气泡管、轻量级和重量级拳击用的沙袋、罗夏墨迹、滴鼻液、微型圣经、老虎机筹码，还有其他许多有用又充满人文色彩的物件，还孕育了数千个普通的孩子。在她身上，我孕育出了许多有用又充满人文色彩的机构，比如信用合作社、野狗收容所和超心理学。我还孕育了各式各样的王国和领土，从天气、律法和习俗方面都比现在这个高出一等。我做得有些过分了，但我当时很疯狂，很疯狂地陷入热恋，这就是我能为自己做的所有辩解。那段时期我极具创造力，但我的那位爱人，她和我一道哺育了这么多，从未有过抱怨和责备，最终却因此而死去。当然，死在我的怀里。她临终的最后遗言是："适可而止吧，爹爹。"我伤心欲绝，仿佛受到魔鬼驱使，直接让自己下坠到地狱里，试图把她抢回来。

我在那里发现了她，亡父说，在此之前我经历了许多无聊到不值一提的大冒险。我在那里找到了她，但她却拒绝和我一同返回，因为她已经品尝过地狱的美食，并且喜欢上了那个味道，令人上瘾。有八团雷电在她头顶监视她，每天晚上都会给她带来地狱气味更浓的堕落美食，此外，还有地狱里的丑男人看守着她，他们用一团团噩梦和七弦琴弹出的刺耳音符袭击我，就为了把我赶跑。但是我脱下自己的衣服，把它们一件一件扔到地狱里的丑男人身上，每件衣服哪怕只是轻轻碰到一个丑男人，他就会萎缩成一阵蒸汽挥发掉。我没有办法留在那里，也没有理由，她已经是他们的了。

随后，为了净化我自己，亡父说，为了将我在地狱里沾染的不洁杂质清除，我一头扎进了冥界的那条果冻河，我在那里清洗我的左眼，并孕育出波拉斯神，他掌管一切弹跳，包括什么从什么上面弹开以及弹跳速度；又清洗我的右眼，并孕育出涟漪之神，他掌管一切副作用 / 无法预料之事。然后，我清洗我的鼻子，并孕育出戈尔诺神，他负责给坟墓内部保暖，又孕育出利贝特神，他不知道自己该干些什么，反而因此成了我们所有人的灵感。随后，我被八百种形态各异的悲伤包围，陷入哀伤情绪，然而，正当我坐在岸边撕扯着头发，一只蠕虫蠕动着爬到我身边，建议来一局台球。他说，这是遗忘的一种方式。我说，我们没有台球桌。他说，好吧，你不是亡父吗？我便孕育了巴拉邦江的台球桌，绿色的桌布由附近的一处苜蓿花田的绿叶做成，桌腿由附近的电线杆做成，深色的球袋交给剩下那些来自地狱的丑男人，我让他们站在桌子旁边，在适当的时候张开他们的嘴巴扮演球袋——

蠕虫叫什么？托马斯问。

我忘了，亡父说。接着，就在我和蠕虫把滑石粉涂抹在球杆上时，恶魔本人出现了，拥有伟大魔法的那位，从各方面看都糟糕，我不想多说些什么，只能说我马上就意识到自己从冥河出来上错了岸。尽管如此，我并不缺乏智慧，即便是在这种极端情况下。我解开盘起的阴茎，在灰心丧气中把它朝河对岸抛了出去，据我估测至少有六十五米——它刚好卡在河对岸一块岩石的裂缝里。随后，我双手交替着攀爬过去，穿过湍急的水流，爬到河对岸，你可以想象得到我当时忍受着多么剧烈的痛楚。我扭过头，高声欢呼，让我的敌人知道我还可以活蹦乱跳，我就像一道闪电钻进了森林。

真他妈不可思议，朱莉说。

真他妈难以置信，爱玛说。

鲁道夫·拉森狄尔[1]本人也不可能比这做得还好，托马斯说。

是的，亡父说，而且河岸上至今还矗立着一座储蓄贷款社。那是我孕育的。

真他妈令人敬畏，朱莉说。我突然觉得自己醉醺醺的。

真他妈厉害，爱玛说。我突然觉得自己是炖锅之神。

百分之六点七五暂时混在一起，亡父说，我保证。

一个鱼贩子，朱莉说，他们有种方法会让你觉得自己渺小可悲。

他们擅长于此，爱玛说。

对于他们那种人来说我们简直微不足道。

他们觉得和针眼相比自己就是一根粗绳子，爱玛说。

只不过是玻璃橱柜里的一个龇牙咧嘴的笑，朱莉说。

那个时候我还年轻，充满激情，但我已经泄气了，激情不再，我们现在的旅程就是为了寻找那种能够令人恢复活力的伟

①《曾达的囚徒》里的男主角。

大圣物，那种曾被吟游诗人、北欧吟唱诗人和工匠歌手不断唱颂的金羊毛长袍，亡父说。

很显然，要不是命运的转折，有决定权的就会是我们而不是他们，朱莉说。

很显然，要不是命运的转折，音乐的形式就会不一样，爱玛说。很不一样。

6

夜晚。篝火。远处有野猫在哀号。朱莉正在洗衬衣，爱玛正在整理她的手提袋。

给我讲个故事吧，亡父说。

没问题，托马斯说。有一天，在一个远离城市的荒蛮之地，四个穿着深色西装和衬衣、打着领带、拎着装满乌兹冲锋枪的公文包的男人抓住了我，他们说我错了，以前一直都错了，未来也会一直错下去，还说他们不会伤害我。然后他们伤害了我，先是用开罐器，接着又用螺旋开瓶器。后来，他们在我的数道伤口上洒满碘酒，他们把我放在马背上，疾驰着穿过逐渐昏暗的天色——

哦！亡父说。一段戏剧性的叙述。

千真万确，托马斯说。他们把我放在马背上，疾驰着穿过逐渐昏暗的天色，从一座小山的这一面登上去，再从同一座山的另一面飞奔而下，穿过一条小河，来到一片离城市更远、更加荒凉的野蛮之地。在那里，他们停下，吃午饭。我们一起吃午饭，谁也没说一个字。地上撒满了我们剩下的鸡骨头，随后，我们又一次骑上马，排成一条直线疾驰着穿过下午笼罩在群山上和山谷中的潮湿雾气，穿过各种各样的裂隙，也许还有一些我记不得的事物，总之又来到一个离城市更远、更荒芜的地方，这里充斥着死鱼的腥臭气味和枯枝败叶的腐朽气味。我们在这里洗马，马不想洗澡，它们不喜欢这里的水源。我帮忙生火，捡起很多从树上掉下来的枯枝，等我终于凑够了柴火，他们却告诉我不需要火。尽管如此，其中一个男人还是打开了自己的公文包，取出冲锋枪，打开折叠式枪托，对着地上的枯枝小范围扫射，直到将它们点着，生起火来。马儿们受了惊，恐惧地嘶鸣起来，照看马匹的人大声诅咒开冲锋枪的人，也咒骂我在他们不需要生火的时候去捡柴火。随后，我们又一次骑上马，留下刚点燃的篝火，让它在已变成一片枯褐色的树林里自生自灭，我们从一道长长的山谷中央穿过，穿过一片种植着冬小麦的农田，跳过岩石和篱笆，来到一座房子前。我们在这里收住缰绳，坐在马背上，守在房门前，马儿呼出的热气在寒冷的夜色中清晰可见，房子里有亮光。他们押着我走进房子，在仅有的一根蜡烛燃起的昏暗烛光中用餐叉又一次伤害了我。我问他们，像现在这样跟他们一起前进，不断被他们伤害的日子，我到底还要过多久，是几天还是几个礼拜还是几个月，他们说，直到我适应了为止。我问他们那是什么意思，什么叫适应了，但他们沉默了。

我们离开那座房子，又一次策马急奔。然后，在漆黑的夜晚疾驰了数个小时后，我们来到了一家洗车店。洗车店是用钢筋混凝土搭建的，我们骑着马哗啦哗啦穿过洗车店的入口，经过一台大机器，里面巨大的海绵正在擦洗最新款式的蓝色、灰色和银色汽车，在这台机器后面是一个很大的房间，也可以说是一块圆形的场地，地面上铺着沙子。我被两个男人从马上拽下来，双手绑在背后，嘴里塞了一张纸，虽然我看不到纸上写了什么，但我知道一定与我有关，是关于我的事。随后我被推进圆形场地里，里面还有十多个人在游荡，他们也和我差不多，双手被绑，嘴巴里塞着类似的纸片，上面写着些什么，我们在圆圈里趔趔趄趄地行进，尽量不撞到彼此，但每次都是勉强避开，每当我靠近某人，他或者她都会挑衅地咆哮起来，我明白我们就是要摆出这副咆哮的样子，所以每当有别人靠近我，我也会龇牙咧嘴地咆哮，同时试图辨认塞在他们嘴巴里的纸片上都写了些什么。但这是徒劳的，我根本辨认不出任何一张纸上的内容，尽管我大概知道每张纸上的字迹都是一样的，是一种精致瘦长的手写体。这种颇为凄凉的绕着圆圈来来回回的行走持续了一整夜，又持续了一整天，我的脑海中只充斥着一个念头，午饭在哪里？因为第一天吃过午饭，我自然而然觉得第二天第三天第四天都应该有午饭，但这种想法太乐观了，没有午饭，只有张牙舞爪的咆哮，还有多次失败的尝试，我总是不能辨认我那些摇摇摆摆的同事们嘴里塞着的纸片上到底写了些什么。然后，冷不丁地，我已经来到圆环之外，站在了一扇门前。门开了，我看到一张医院里的病床，两边各站了一个男人，床上放了一具木制棺材，棺材里躺了一具尸体，我觉得应该是死人，尸体的双手垂直伸向天空，双拳紧握，我注意到两只手上都没有手指，这具没有手指的尸体握紧双拳，门关上了，传来一阵类似于电梯运转的声音，门又开了，那两个男人不见了，尸体也不见了。我迈过那扇门，站在电梯上，门在我身后合上。我被带到了顶楼。

我被带到了顶楼，托马斯说，在那里我看到一个男人坐在一张书桌后面，脸上戴着面具。这张面具和这个男人一样高，是从一棵树上砍下来的，有非洲人的特征，经过最富技巧的精雕细刻，可能还用锄刀精心雕琢过，它很像是一张人脸，因为上面一共有五个洞，没有耳朵。戴着面具的男人说我错了，以前一直都错了，未来也会一直错下去，还说他不会伤害我。随后他就用文件夹伤害了我。然后他问我的同伴我有没有成熟起来。他长大了，两个男人里个子高的那个回答说，在场的每个人都点了点头，这确实不假，戴面具的男人表示满意。然后，他们给我套上一件展示出三十种不同棕色的中东长袍，把我转移到一辆路虎车上，车很快就跑到一片广阔干旱的土地上，一下子就开出去几百英里，中间每开一段就会停一次车，补充汽油和水，需要从沿路经过的补给站里那些心不甘情不愿、穿衣邋遢、体形超重、穿着便装的中士手中夺过破破烂烂的油罐和水桶。午饭在哪儿？我一边想，一边回忆起第一天，有鸡肉、黄瓜，还有土豆沙拉。在沙漠的另一边，我们来到一个沼泽旁，浓密的野草长在绿色的泡沫上，我们丢弃了路虎车，换乘一条独木舟，我的一个同伴在船头划桨，另外一个在船尾撑竿，我坐在中间，我们开始穿过这片潮湿哀怨的水面，巨大的柏树盘根错节，在我们周围纠缠成一团，树上许多两英寸高的猴子单臂抓紧树枝倒挂下来，看起来好像恶魔的果实。有一次，他们暂停了划桨和撑竿的动作，把独木舟的船头停靠在一片油腻的小土丘里，他们在烟斗里塞满从公文包里掏出来、已经有些潮湿的烟草，他们没有让我来上一口，还用恶言恶语伤害了我。但他们看起来有些疲倦，我受的伤比之前少了些，他们告诉我我错了，又补充说多亏他们好意关照我，再加上眼下这个世纪正逐渐衰退，我还在旅程中受到了教育，我已经没有之前错得那么严重了。我们要去面见伟大的众蛇之父，他们说，如果我能给出谜语的正确答案，伟大的众蛇之父就会赐予我一份恩惠，但是一个顾客只有一次接受恩惠的机会，而我永远不可能正确解开谜语，所以他们说，我不应该抱有过高的期望。我在脑海中温习了所有听过的谜语，试图把每道谜语和它们的正确答案对应在一起，正当我的脑子一片混乱，我们又一次拨开肮脏的水面向前行进，我能听到远处传来吼叫声。

我很疲惫，亡父说。

要有勇气，托马斯说，故事很快就结束了。

他们告诉我，那吼叫声就是伟大的众蛇之父发出的，它在召唤那些未曾开化之人献出他们的包皮，但我很安全，因为我很久以前就在一座医院里，向一名外科医生贡献出了自己的包皮。我们穿过纠缠在一起的藤蔓，慢慢靠近目的地，我观察到一条毒蛇的轮廓，它体形格外巨大，嘴巴里叼着一张薄锡皮，上面写了些什么，它的吼叫声让薄锡皮颤动，所以我没法看出上面的内容。看守我的两个人把独木舟停在这个怪物所在的空地上，极其恭敬地走向他——没人敢表现出大不敬的样子，他们对着他的耳朵大喊，我为了给自己赢得恩惠前来接受谜语考验，如果他愿意的话，他们现在就为他换上长袍，准备进行谜语考验。伟大的众蛇之父极为优雅地点了点头，张开嘴巴，让那片薄锡片掉落在地上，锡片的背面被打磨得格外光亮，就像一面锃亮的镜子。押送我的两个人将镜子精心摆放好，那怪物刚好能对着镜子欣赏自己的样貌。他们在安排这些琐事时，我却在想自己能不能爬到锡皮底下，去那里读出写在正面的那些文字。首先，他们为伟大的众蛇之父穿上从他身后那个巨大的桃木衣橱里取出的精致塔夫绸紧身短裤，这条短裤手感柔顺丝滑，颜色红润多变。光是把这条裤子穿到他的整个下半身就花了半个小时的工夫。

我喜欢他，亡父说，因为我们两个人都非常、非常长。

保留意见，托马斯说，我们还没到故事的结局呢。

然后他们给他穿上，托马斯说，一条鲜红色的类似裙子的玩意儿，表面布满浮夸的装饰和皱褶，还被裁成一道一道的，如此一来，就能看到里面还有一层颜色浅一些的红色内衬，这两种红色叠加在一起，哪怕他只是做出轻微的动作或者身体起伏，都会呈现出一种相当壮观的场面。伟大的众蛇之父既没有看向右边也没有看向左边，他直直看向前方，注视着锡片里照映出的自己的曼妙身姿。随后，他们给他的上半身，也就是靠近头的这一部分，套上了一件薄薄的夹克衫，是用白色丝绸制成的，上面用一种肉豆蔻颜色的线和一种鹅粪颜色的线绣了花纹，两种颜色的丝线交错在一起，最后用淡奶油色的丝线镶了蕾丝边。然后，他们给他穿上由银色织锦制成的紧身上衣，上面有鲜红色的纹路，还有金色的纹路，因为他没有手臂，两只空荡荡的袖子垂了下去，袖口还缀了小珍珠。紧身上衣上的纽扣一共有四打半，这里面有一打由象牙制成，一打由丝绸制成，一打由丝绸和头发制成，一打由金丝线银丝线混合制成，还有半打由镶嵌在金子里的钻石制成。接下来，他们给他穿上一件巨大的斗篷，内侧是未经修剪的珍珠色的天鹅绒，外侧从上到下从前到后镶满了无数塑料珠子和珍珠，还有两打纽扣，为了系好所有的纽扣，他们花了差不多两个小时，而他们忙着系纽扣时，我一点点靠近了薄锡片冲下的那面，因为那块锡片本来就比我高，此刻正斜靠在一棵大树上，我一英寸一英寸地靠过去，有的时候一次只移动半英寸，所以在别人看来，我的动作几乎微不可察。然后，他们在他身体的中间位置围了一圈黄褐色的金腰带，腰带上有珍珠和亮闪闪的金属饰片，用来撑起整体的气质，他们把腰带的搭扣系好，给他戴上用来盛放那条两米长、闪闪发光、分岔的舌头的鞘袋（由浅黄色牛皮制成，上面有银色丝线镶边，又覆盖上各种颜色的丝绸）。他们在他长方形的脑袋上戴了一顶法式贝雷帽，金匠为了制作这顶巨大的帽子花了不少心思，上面还缀有长长的黑色羽毛。我滑到锡片下面，然后又钻出来，我简直不敢相信自己看到的内容。伟大的众蛇之父对着镜中的自己点了点头，舌头从鞘袋里转了几圈然后伸出来，宣布他已经做好了谜语考验的准备。

谜语是这样的，伟大的众蛇之父一边说，一边用力甩动自己分岔的舌头，我得告诉你，这道题简直坏透了，在所有伟大的奥秘中它是最为晦涩难懂的，哪怕花上人间的十万年，你也猜不出答案，而且我提醒你，你已经浪费太多时间在无意义的生存和呼吸上了，但还是试试吧，试试吧，来吧：你真正的感受如何？好像在在在杀人一样，我如此回答，因为这就是我在锡片后面读到的内容，在在在杀人这个词用一种好看的瘦长手写体写在锡片上。怎么回事，我的天啊，伟大的众蛇之父说，他答对了，押送我的两个恶棍对我眨了眨眼，震惊又不解，我自己也感到诧异，感慨万分，但让我为之惊诧感慨的，是我给出的这个答案和我实际的感受居然如此接近，是我从前不曾找到的真实感受。我想，伟大的众蛇之父说，你希望得到的恩惠就是结束这些肮脏事务的能力？当然了，我说，不然还能是什么？那就赐给你，他说，但是请允许我提醒一句，通常而言，拥有这样的力量就已经足够了。你并不需要真正去做些什么。这也是为了让你的灵魂没那么多负担。我谢过伟大的众蛇之父；他由衷地向我鞠躬致意；我的同伴把我送回到城市里。当我返回城市，脑子里仍然在想在在在杀人的事——一个结巴的梦。

这可真是个荒诞不经的故事，亡父说。我不相信它曾发生过。

没有什么故事曾按照我们讲述的样子发生过，托马斯说，但故事的道理总是对的。

这个故事讲了什么道理？

在在在杀人，托马斯说。

在在在杀人是不对的，亡父说。神圣又尊贵的圣父不应该被被被杀。从来不可以。绝对不行。

我又没提到谁的名字，托马斯说。

他直勾勾地盯着亡父的腰带搭扣。

你腰带上的那个搭扣非常漂亮，他说，我之前从来没有注意到。

这个搭扣是银制的。有六英寸那么大。镶了一两颗红宝石。

亡父凝视着自己的腰带搭扣。

市民们送我的礼物，是很多年前一个父亲节的事了。在那个父亲节，这只不过是数百份奢华礼物中的一个。

我可以戴上试试吗？托马斯问。

你想试戴我的腰带？

是的如果你不介意的话我想戴上它试试。

如果这是你的心愿你当然可以戴上它试试了。

亡父解开腰带并把它递给托马斯。

托马斯系好亡父的腰带。

我喜欢它，他说。是的，它戴在我身上挺好看的。这个搭扣。如果你想的话，你可以把腰带拿回去了。

我的腰带搭扣！亡父说。

我肯定你不会介意的，托马斯说。毫无疑问你还有其他奢华的搭扣。

他把解下搭扣的腰带还给亡父。

我不介意吗？

你介意吗？

是的，朱莉饶有兴致地问，你介意吗？

我一直都挺喜欢这个搭扣。

你肯定还有其他这样精致的搭扣。

是的我有许许多多的腰带搭扣。

我很高兴听你这样讲。

但是不在这里。我没有随身携带，亡父说。

你可以换上我的旧腰带扣，托马斯说。它够用了。

是的，朱莉说，它够用了。

那是个相当不错的搭扣，我之前的那个，托马斯说。

谢谢你，亡父一边说着，一边接过那个旧搭扣。

当然，没有你之前那个腰带搭扣那么精致。

确实没有，亡父说。我看得出来。

所以我才会想要你的，托马斯解释道。

我明白的，亡父说。你想要更好的腰带搭扣。

而我现在得到了它，托马斯说。

他轻轻拍了拍腰间的搭扣。

我觉得看起来还不错。

确实不错，朱莉说。

给你添了些朝气，朱莉说。比之前的你更有朝气。

谢谢你，托马斯说。随后他又转向亡父：也谢谢你。

我的荣幸，亡父说。偶尔能为你们这些年轻人做点事也挺好的。有能力给予是很好的。从某种意义上来说，给予是——

不，托马斯说，让我们把话讲清楚。你并没有给予。是我把它拿走了。这其中是有差异的。我从你手中拿走了它。我只是想把这一切捋清楚。这件事是小事，但我不想造成任何误解。我拿走了它。把它从你那里拿走了。

哦，亡父说。

他想了一会儿。

那么会给我安慰吗？

会的，托马斯说。你可以发表一次演讲。

不，朱莉说。不要演讲。

对男人们进行演讲？亡父问。对着聚集在我周围这些忠诚、忠心耿耿的——

不要，朱莉说。

是的，托马斯说。明天。

明天？

也许明天，托马斯说。

我的演讲！

该上床了，托马斯说。都上床吧。好梦。

托马斯看着自己橙色的紧身裤，自己橙色的靴子，自己崭新的银制腰带搭扣。

太好了！他说。

7

让他发表他的演说吧，朱莉说。

昨天你说不可以。

昨天我的情绪很差。今天我心情好多了。

这就有意思了，托马斯说。你是怎么做到的？

我会忽视一些情绪信号，她说，让他发表他的演说吧。

托马斯转向亡父。

你想现在发表你的演说吗？

我准备了一些发言，亡父说。这些内容也许并非毫无关联。

托马斯把男人们和爱玛召集过来。

男人们稀稀落落站成一个半圆形。十九个人。埃德蒙一只手插在裤子后兜里，酒瓶子也在那个兜里。爱玛站在半圆的一头，朱莉站在半圆的另一头。

亡父朝前迈了几步，摆出发表演说的姿势，他的身体微微前倾。

所有男人都点起了香烟。朱莉点了一支烟，爱玛也点了一支。

亡父将双手的指尖贴在一起。

我在考虑，他说，考虑到考虑到考虑到额外多出一些来到这个世界上的人类每年额外多出的这些人类每个人的脑袋上都会长出十万根头发有一些头发留下来了另外一些掉落了——

所有的男人坐下来，开始彼此交谈。

通过思考这件事，我得说，这些额外多出的人类并非是通过有意设计的花招坑蒙拐骗来的，因此问题很大，我们必须实实在在地展开一系列加速、静止、徘徊或者能长久维持的行为模式，才能持续到那一天或者足够坚持到未来的某个时刻。考虑到未来真实存在，出现了预期设计和神经机能设计，都是为了让“直到某刻为止都具有威胁性”和“并非出自个人意愿”的人生经验相融合，还有甜美的、甜美的各种各样的重力和流体力将人引入到内部世界，精神上进行内化，即使大雨洪水烈火地震龙卷风没有如期发生，只要你看向窗外，就能看到天空是多么昏暗、大风刮得多么猛烈，大树被吹得东倒西歪，屋顶的房瓦受重力影响下坠足以砸掉人的皮肉，这些都没有出现在预期规划里，狂怒的情绪被预先分配到不连贯的意识中，也就是人们所知的梦境，让我们一起祈祷。保持一贯张力的宇宙今天还在这里明天就不在这里，内部是有限的外部也是有限的，不断进化的加速、静止、徘徊或者能长久存续的粒子，波粒二象性，提出激进的概念，父亲节的交互界面，集体行为无法被你、我、他们、我们，我、他、她和它所预知。一种处于静止或者“休眠”状态的分析报告把这些分配给我们，在一大堆不断循环的经验中，找出一系列无法预知的由补数和倒数组成的超级数学频数，这些经验未必受到各种不同的地理条件限制而变得折中，但有些时候，正如在暮光中响起的歌声，那时天光昏暗，影子忽隐忽现，又会突然在各处盛开，极度美艳或者极度痛苦，产前产后……失望……下一次恰如其分的临床试验，出现了平衡状态……至于可能是什么……在最好的情况下……尽管如此。尽管如此。考虑到已被隐瞒的真正经验，曾有全球统一的可不断再生的设计，为了让人们能够抵御大火、洪水、蝗灾、剧烈的天气变化，每分钟能为每个人提供十七立方英尺的空气，而且这种空气不含任何毒素，没有任何令人不适的怪味，里面没有沙尘也没有恶意，从广义而言我们能感受到金属的存在，从狭义而言我们能感受到合成物的存在，它们互相连接在一起，变成不断进化、覆盖全球的体外网络，而在体内网络中，只有个别男人把自己当作一座形态不连贯的独立岛屿，可悲的是，可悲的是，麻木迟钝，目前已有的经验不足以计算出总速度到底为多少。尽管如此，所有带有补偿意味的设计都令人绝望，你知道这一点，我也知道这一点，还有行为古怪，还要用心记住，推挽式运动最先出现且地位至高无上，不要去管那些安全性受到系统化脉冲式运动挑战或者威胁的大模型，据我们估测，人们对你的存在的容忍程度大概在百分之一到百分之二，以及百分之三之内，鉴于社会工程的升级，非遗传性的寻欢作乐，产后重新安置，我窥探一切。谢谢大家。

亡父等待鼓掌。

男人们当中响起狂风暴雨般的掌声！

谢谢大家，亡父说，谢谢大家。

经久不息、狂热的掌声。口哨。跺脚。挥舞的手绢（女人们）。

谢谢大家。谢谢大家。

一次精彩的演说，托马斯说。

一次不同凡响的演说，朱莉说，你能为我的计划书留下签名吗。

谢谢你，亡父说，当然。

相当非凡，爱玛说，这是什么意思？

谢谢你，亡父说，意思就是我发表了一场演说。

干得漂亮，托马斯说，你中午有时间一起吃午饭吗？

谢谢你，亡父说，我想应该可以。

朱莉用她的手绢擦拭亡父的眉毛。

我已经很久都没有听到过类似的演说了，她说，很久很久，事实上我学生时代结束后就再也没有听到过。

谢谢你，亡父说。

那些男人很爱你的演说，托马斯说。

是的，亡父说。

我激动得都快要坐不住了，爱玛说，可以这样打个比方。

谢谢你，亡父说，这确实是件挺他妈难办的事。

够了！朱莉说。

凭什么，亡父说，为什么我们这一群人当中，只有我不能说脏话？

因为你是个老家伙了，她说，老家伙的嘴巴必须格外干净，这样才能让老家伙自带的那种令人厌恶的气息没那么强烈。

亡父拉着自己的缆绳向前冲去。

看看他的脸是怎么一点点变红的，爱玛一边观察一边说。

亡父冲到大路上，身后拖着缆绳。

他又要那么干了，托马斯说。

他们以极快的步伐尾随。

他们发现亡父站在一片树林里，大开杀戒。首先，他杀死一只白靴兔，一剑直接把它劈成了两半，随后，他杀死一只长满刺的食蚁兽，然后他杀死两只铁锈色的袋食蚁兽，然后他把锋利的大剑在头顶抡了一圈又一圈，又杀死了一只小袋鼠、一只狐猴、三只秃猴、一只蜘蛛猴和一只常见的鱿鱼。然后，在狂怒下，他在一片绿地之中上蹿下跳，处决了一只猕猴、一只长臂猿和八十只无辜的毛丝鼠——它们本来只是悠闲地站在一旁，围观这场大屠杀而已。然后，他停下来站着休息，剑尖插在泥土里，双手交叠搭在剑柄上。随后，他好像被血腥的杀戮吸引，又开始大杀四方，他杀了一只草原土拨鼠、一只海狸、一只囊地鼠、一条澳洲野狗、一只蜜獾、一只水獭、一只家猫、一只貘和一头小猪。后来，他更加愤怒，又召唤来一把更沉也更长的剑——由一个假想的仆从递过来，他用尊贵精致的双手将剑接过来，高高举过头顶，每一样在他所能触及范围之内的活物都瑟瑟发抖，每一样在他所能触及范围之内的死物都曾记得自己如何落得如此下场，树林里的每一棵树看起来都的的确确缩起了树枝并向后退了好几步。然后，亡父杀了一只非洲疣猪、一只斑点小鹿、一只掉以轻心的绵羊、一只小山羊、一只狨猴、两条灵缇犬和一条搜查犬。然后，他用尊贵精致的双脚恶狠狠地踢了踢地上一堆被宰杀的尸体，那堆血肉模糊的肉块淌出来的污血把整个地面都浸透了，他清出一条道路，来到一群目不转睛的鹈鹕面前，一眨眼的工夫就把连接它们身体的那些柔软、瘦长的洁白脖颈切断了。然后他又杀了一只鹤鸵、一只火烈鸟、一只鹧鸪、一只苍鹭、一只麻鸦、一对鸭子、一只尖叫的孔雀、一只翩翩起舞的鹤、一只鸨和一只水雉，亡父用一只貂毛镶边的袖子擦去眉头上神圣的汗珠，又杀死了一只斑尾林鸽、一只凤头鹦鹉、一只灰林鸮、一只雪鸮、一只喜鹊、三只寒鸦、一只乌鸦、一只松鸦和一只鸽子。然后他让人拿来红酒。有人递给他一个银酒壶，他一口气喝光了整整一壶，而在他赤红色的双眸看不到的地方，一只小小的鼹蜥靠在树干上，吓得四肢瘫软。然后，他把银酒壶丢给一个假想的酒童，让他那件只存在于假象中的白色短袍上染满了（可能存在的）红酒，接着，他用剑挑起那只鬣蜥，将它切成两半，技艺娴熟如同一个熟练切鱼片的家伙。然后，亡父继续挥舞大剑大开杀戒，杀死了无数各类小动物，所以他每向前迈出气势汹汹的一步，身体左右两侧蒸汽腾腾的尸体都会越堆越高。一只癞蛤蟆逃脱了。

真是繁重的工作，亡父说，看起来很愉悦。看看有这么多!

托马斯把能吃的尸体都收集起来。

看看有这么多！亡父又说了一遍。

真是让人敬畏，朱莉说着，想要取悦他。这种水平的剑术自从弗里乔夫、兰斯洛特、巴拉赛尔苏斯、洛格罗、阿特盖尔、奥图尔、丹麦人奥吉尔、里纳尔多、奥利弗、奴隶罗尔、哈科一世和巴亚尔骑士之后就没再见到过了。

对于一个老人来说还不错吧，亡父说。

他喷出来的烟雾沾在绿草地上。

爱玛的凝视（钦佩的眼神）。

看看它有多长，亡父说，有多敏捷。

他用剑在空中舞出几道剑势：第五式，第六式，第七式。

现在，午饭时间，朱莉说。

她从背包里掏出一张新的桌布和一份新的座次图。

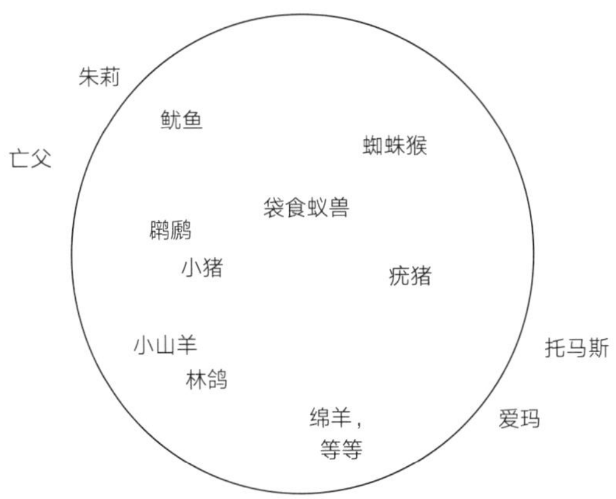

在新的座次图里，我的位置提升了！亡父大叫。

亡父获得了短暂的快乐。

我，我被降级了，托马斯说。他直视着朱莉。

朱莉也直视着他。

亡父伸手触碰朱莉裸露在外的脚趾。

请放开我的脚趾。

亡父继续紧紧抓着她的脚趾。

脚趾，他说，这倒是个很有意思的词。脚趾。脚趾。脚趾。脚趾。脚趾。一根静脉曲张的脚趾。脚趾上有一根根红色的血管。丰满多汁的脚趾。丰满多汁，丰满多汁的脚趾。丰满多汁丰满多汁丰满多汁——

亡父把脚趾放进自己的嘴巴里。

托马斯越过桌布，重重敲打亡父的额头。

脚趾从嘴巴里掉了出来。亡父紧紧捂住额头。

你居然敲打父亲，他一边呻吟一边说。又一次。你不应该敲打父亲。你绝不可以敲打父亲。你不能敲打父亲。攻击神圣、圣洁的父亲是一种性质最为严重的冒犯。攻击尊贵、智慧、慷慨贡献了全部的亡父是——

再来点儿鹧鸪吗？朱莉问。

有没有芥末？托马斯问。

罐子里有。

大部队有没有自己找东西吃？朱莉问。

托马斯瞥了瞥马路上。可以看到炊烟。

他们正在大吃大喝呢，他说，因为他们知道前面都有些什么。

前面都有些什么？亡父问。

文德人，托马斯说。

文德人？那是什么？

他们就在前面。

他们有什么特别的吗？亡父问。

他们不喜欢我们。

他举起手，无精打采地旋转了一圈，表现出漫不经心和无关紧要的态度。

不喜欢我们？那是为什么？

首先，因为我们是一群踏入他们领地、全副武装的异乡人。其次，因为你，你从某个角度来看，是个巨大、奇特、令人生畏的家伙。

我确实能让他人心生畏惧，亡父说。比任何人都擅长此道。毕生都是如此。我以前不是曾经统治过文德人吗？

你统治过，你统治过，托马斯说，用铁腕政策统治过。

那为什么后来我没有继续统治他们了呢？

那是因为你一下子消失在繁星之夜，朱莉说，一起消失的还有你的各种作品和浮华之物。一九三六年的时候，你就被剥夺了对文德人的统治。

这可能会变成一个烫手山芋，托马斯说。一触即发的危险时刻。

他们一共有多少人？

最近一次人口普查，有将近一百万人。

我们一共有多少人？

二十三，托马斯说。算上埃德蒙的话。

朱莉呻吟了一声。

托马斯，亡父说，让我们换个话题吧。我们可以讨论一些其他有趣的事情，比如说可以聊一聊长颈鹿。或者你也可以说说你自己。听别人说自己总是很有趣。

让我们来聊一聊长颈鹿吧，托马斯说，我每次说到自己都会结巴。当然了，我对长颈鹿也不怎么了解。据说它们非常聪明。它们长着非常漂亮的眼睛。它们长着非常漂亮的眼睫毛。舌头伸出来有二十英寸。鬃毛不太多。脖颈很糟糕。低沉颤抖的嗓音。跑得比马快，还可以长时间高速奔跑。在打斗中可以发挥蹄子的作用，完全可以打败狮子——除非狮子交了好运。由二十到三十只长颈鹿组成的兽群并不少见，每一支队伍里都有几只雄性长颈鹿，但雌性的数量更多。

托马斯暂停了一下。

只有年老的雄性长颈鹿会被排除在兽群之外，独自生活，他说。

我受到了冒犯，亡父说。又一次。

那我们就不再接着聊长颈鹿了，托马斯说，既然这样，我来说明一下我自己吧。

我简单说一说，托马斯说，最基本的情况况况。三十九年前，我出出出出出出出生在一座大城市里，事实上，就是我们找到你的那座城市。作为诞生在这个世界上的新成员，我理所应当地被送进了学校，在那儿，我总体来说表现得相当不错——除了那些我表现得不怎么好的时候。还是个孩子的时候，我依次得了那些小孩子该生的病，一会儿长水痘，一会儿得麻疹，一会儿断根骨头，就这样时不时来点儿毛病，好和其他人保持同步；打青别人一只眼，时不时自己一只眼被打青，好和其他人保持同步。随后，我接受了所谓的高等教育，教育我的是一队戴着面具穿着长袍身材矮小的专家，每个人都是自己领域里最顶尖的。有人做出决定，我应该被教育到两米以上的高度，这个目标过了一段段段段段段段时间就达成了。接下来，我去军队服役，这段康复期正确无误、恰如其分、自然而然、好上加好，我主要被派遣到气候古怪的遥远地方，在那里学习如何用英国人的方方方方方方法同时完成立正敬礼两个动作，这个技能在那之后无限有用。还有一定程度的谄媚，这个技能在那之后也无限有用。还学会了怎么和食堂里的军士长交朋友，这个技能无须多言。还学会了怎么挖一个公共厕所，这样我们就可以在那里度过许多快乐又颇有成效的时光，毕竟我们都会去读伟大的罗伯特·伯顿[1]。接下来，我又返回到接受教育的场所，学了一门科学，准确地说是社会学，但很快我就发现自己在这方面并没有天分。接接接接接接下来，我全身心忠诚于我们这一代男孩——准确地说，是一九三四年这一代——所怀抱的那种渴望和预想，我结婚了。哦，我的确结婚了。我结婚又结婚又结婚，从喜剧变成闹剧最后变成轻快的滑稽剧。哦愉悦哦狂喜哦愉悦哦狂喜。当那种狂喜遭受重创，烟雾退散，我发现我成了父亲，但只有那么一次，请留心请留心。接下来的一段时间，我只能将其描述为空白期。在这段时间里，我大部分时间都在观察单引擎飞机如何失去控制，并希望那个引擎最终坏掉，这样我就可以欣赏坠机的景象。但从没发生过

① 罗伯特·伯顿（1577—1640），英国作家，代表作有《忧郁的解剖》。

这种事。在这之后，我做好准备，打算重新踏入代表主流的商业社会。没有什么特别的理由，我装备完善，让自己适应了“纳瓦霍[①]法律制定者”的角色，但很快就惨败，首先我不是纳瓦霍人，其次你也知道现在我们的国家已经没有纳瓦霍人了。遗憾。我还挺擅长念咒的。随后，我又做了一段时间的偷猎者。大多数时候，我们从政府的孵化基地偷走鳟鱼，这种毫无尊严的工作完全不不不不不能让我们这个偷猎组织本来就不高的自尊心有所增强。我又回到了最初的起点，自尊心降至谷底。后来，我又花了好几年时间待在一个修道院里，但是因为消耗了太多修道院自产的干邑白兰地，被驱逐了。然后，我开始读哲学。

那么，哲学教会了你些什么？亡父问。

它教会我，我完全没有学习哲学的天赋，托马斯说，但但但但但但是——

但是什么？

但我觉得每个人都应该懂一点哲学，托马斯说。它确实有用，有一点用。确实有用。哲学很好。差不多有音乐的一半好。

① 美国最大的原住民部落，散居于新墨西哥州、亚利桑那州及犹他州。

8

一场会议。男人们很不满意。他们围在托马斯身边。他穿着橙色紧身裤，橙色靴子，镶嵌着红宝石的银色腰带搭扣，白色的萨巴蒂尼牌衬衫。他戴着高清晰度、真金丝框的眼镜。男人们发出抱怨：(1）压缩肉饼的质量（2）总体来说，领队们吃得比普通队员好（3）缆绳已经嵌进肩膀里，说好会发放的厚帆布手套在哪里？（4）埃德蒙（5）朗姆酒的配给可以加倍，这样也丝毫不会影响普通队员对领队们的崇高敬意（6）有什么对付那些可能充满敌意的文德人的计划？（7）女人们的注意力被领队的几位占据了（8）埃德蒙（9）女人们就不能偶尔走过来和他们说说话吗？（10）亡父有的时候沉重，有的时候又轻盈，各种变化让普通队员花费了很多不必要的麻烦来履行他们的义务，具体可见合同条款 D、E 和 F（11）掐断情色电影，接下来又发生了些什么？（12）为什么要在这片刚刚抵达的领土上颁布独断又欠缺考虑的禁令，禁止大家与当地人交好？（13）缺少牧师（14）生日快乐。是我的生日吗？托马斯大叫起来，一副难以置信的样子。是的，男人们回答，就是在今天，派对在哪里？托马斯用手指算数。男人们盯着。是的，今天是我的生日，他终于开口说，该死，你们说得千真万确。男人们狂笑起来，猛锤托马斯的后背，埃德蒙从屁股口袋里扯出酒瓶，灌酒。亡父坐在马路上，眺望着远方，那里有成片的大蒜在生长。托马斯把酒瓶从埃德蒙嘴边移开。朱莉练习吹奏口琴，吹的小调“哦，在水牛游荡的地方请给我一个家”。爱玛凝视着亡父宽厚巨大的肩膀，若有所思。托马斯开始一个一个回应大家的抱怨。压缩肉饼对你们有好处，他说。诸如此类。朱莉把口琴放到一边，坐到爱玛身旁。

你衬衣下面的乳头又酸又痛。

你的胃里一阵焦躁。

我试着跟你讲过，但是你不愿意听。

我觉得我要流鼻血了。

他们不想要你的时候，有的是办法对付他们。

即便是在最顺的时候，友谊也是种很麻烦的东西。

人们都吓坏了。

他们经常与我有意见分歧，但是从来没有对我不忠。

据说有各种各样的方式来处理这件事但是我觉得我可以保守住秘密。

在一个漆黑的夜晚醒来，眼睛里插了一根拇指。

像那样沿着树篱一字排开。

天气先变冷了，然后又变暖和了。

既然你还没有对我提出的建议进行回复。

问题就在于要削减到一个可以维持运转的最低限度。

在这个游戏里制造一点垃圾。

黎明前的夜总是最黑。

你想怎么理解就怎么理解。

不要再斤斤计较了，不要再试着去给别人致命一击。

如果我吃一片，你会也吃一片吗？

我的意思是说，当你感觉一切很糟糕的时候你应该庆幸自己还活着。

动机是什么？

我记不得了。

其他时候会在大街上神志不清。

那会让你有什么样的感觉？

短期内会让人感到难以忍受的愤怒。

感觉才是最重要的。

你在自己的生活经验中也可能失去信心。

各种各样的场合都需要我留意。

有某件悬而未决的事令人战栗。

这附近哪个地方能让这副身体挨上一拳？

一切都经过精心考虑。

你试过和别人干这事儿吗？

我只是想看看他们到底是友好的还是充满敌意的。

一个礼拜之后，她申请了一个位于华沙的职务。

要去当奶妈。

是的，要去当一个奶妈。她的申请被接受了。

他们喜欢吮吸。

他们确实很喜欢吮吸。

你已经不再受欢迎。

变得非常喜欢你和你的一双手。

那是我的事。

他长得还不错。

这不是什么神秘的事。

为什么每个人连最起码的体面都不顾？

这一点非常明显。

也许我们在这之前就应该大声说出来。

那也是看待这件事的一个角度。

在任何层面都没有办法把他真的当回事。

这附近哪个地方能让这副身体喷上点香水？

那是我的事。

如果我拉一拉这条小小的白色绳子，你会爆炸吗？

那是我的事。

然后他抽泣起来，昏厥过去。

疼吗?

我能让你的日子不好过。

尝试着把全世界拼凑在一起。

盛着金盏花的白色花瓶刚才掉到了地上。

事实证明，浴缸根本不可能被砸碎，我已经尝试过了。

上帝知道你试过了。

上帝知道我试过了。

枕头上散落的深色头发。

只要是无关紧要，我可以做任何事。

急忙做出安排。

会疼吗?

当时墙上有大块大块的白色石膏脱落下来。

我们那时候在吃什么?

冷掉的小牛肉卷。

我们当时是否度过了一段美好的时光?

美妙绝伦。

还会一次又一次地下雨吗?

有什么事情出问题了。

你一定学过英语。

侍者正在倾听。

就好像试着去消化一副马鞍。

在一个漆黑的夜晚醒来，眼睛里带了一个吻。

那是在巴塞罗那。最后总结成不愿意工作的一个原因。

雷声大雨点小。

又一次做好了准备，要把他的儿子送来，为我们去死。

就好像派一位雇来的替补上战场。

我和他事先演练了这场辩论。

直到令人恐惧的钟声响起。

什么？

直到令人恐惧的钟声响起。

什么？

灵魂空洞乏味，难以与他表面呈现出的快乐达成和解。

一个体现共生的拥抱，类似于鸽子和拿着面包屑的老太太之间的感情。

你当时觉得那个场面令人厌恶吗？

我不太懂厌恶这种事。

我以为听见了狗叫声。

十六毫米的胶片卷盘，每个盒子上都有一张照片，表明卷盘的主题或特性。

直到令人恐惧的钟声响起。

什么？

记住，离开，返回，留下。

两个就多了一个。

有一次和一个男人一起睡过，那是非常愉悦的体验。

在水牛游荡的地方。

在床上。

时间到了该走了。

不，还没到。

有头发在上面。

不，没有。

你试过和别人干这事儿吗?

我还没有做出决定。

鞭打狗的日子。十月十八日。

我曾试着告诉你，但你就是不肯听。

什么?

简单、诚实、充溢的感受。

这只是看待这件事的一个角度。

自尊自重。

是的我有自尊心。

是的我也有自尊心，自尊心是个很好的东西。

是的很久之前我就有自尊心了。

是的我也很久之前就有自尊心了。

是的我可以选择接受也可以选择放弃。

是的只要你很久之前就有自尊心那么这件事就已经无关紧要了。

你是在质疑我的价值体系吗?

不是我。

你是在质疑我发誓的对象吗?

不是我我压根儿就不在乎。

一点点森林或者整晚跳舞。

你可以寄希望于此。

也许是医学方面的问题。

有时他闻上去有医学方面的问题。

从来没人因此死去。

我听说过。

把椅子摆在这里和那里的方式很优雅。

一位真正的淑女总是如此。

任何艺术家都行。

嚼着红色的心形糖果。

无数个花店,和花店里喷薄欲出的太阳斑点……还有彩虹……天啊。

我读到过这种事。在《德国世界报》里。

9

我完全不介意现在喝上一杯，亡父说。喝一点点什么。

我也可以喝一杯，朱莉说。

还记得上次你喝了一杯之后的样子吗，托马斯对她说。

好家伙，她说。那是。当然记得。

我喉咙里好像结了蜘蛛网，爱玛说。

那些男人看起来也需要来喝一杯，亡父说着，一只手搭在眼睛上，朝着马路的方向望去。

好吧，真见鬼，既然如此我想我们最好还是喝上一杯，托马斯说。

他挥手示意那些男人暂停。缆绳松开，掉落在马路上。

朱莉把威士忌酒瓶打开。

今天喝点儿什么？亡父问。

阿夸维特烧酒，之后来点儿啤酒调剂一下，她说。

哇哦，爱玛一边说着，一边尝了尝她杯子里的液体。哇哦哇哦哇哦哇哦。

是的，朱莉说。它会让你的嗓子眼发出奇怪的声音。

还不错，托马斯说，啤酒能缓和一下。

我喜欢这种酒，爱玛说，这是好东西，我能再来两杯吗？

一杯就够了，托马斯说，我们今天还要继续前进许多里格[①]呢。

你现在这样很古板。我觉得这一点很不可思议。所有人中偏偏你是这种人。

这是什么意思？托马斯问？所有人中偏偏我是这种人？

为什么你总是要告诉别人该怎么做？

我喜欢告诉所有人该怎么做，托马斯说。当老大这件事，非常愉快。最令人愉快的事情之一。你难道不同意吗？他对着亡父说。

这是最高级的快乐之一，亡父说。这一点毫无疑问。指挥别人这件事极好，但大部分时候我们不会让别人察觉。大部分时候我们弱化这种愉快的心情。大部分时候我们强调指挥带来的苦恼。我们在自己心中收藏那种快乐。偶尔，我们会向某个人透露一点点我们感受到的快乐，就好比掀开面纱的一角。但我们那么做只是为了证明我们确实感受到了快乐。几乎从没听说过有人完全袒露出那种快乐。我的个人观点，托马斯这么坦

① 一种长度单位，1 里格约为 5.56 千米。

诚是种罪过。

爱玛狂饮了一大口啤酒，又狂饮了一大口阿夸维特酒。

好吧胖老爹，她说，教教我怎样跳舞吧。

什么？亡父说。

爱玛原本穿着的蓝色天鹅绒裤子因为坐得太久而被磨成了发亮的银色。

你知道甩臀舞吗?

我不知道。

爱玛开始演示。爱玛身体的一部分向四面八方甩动起来。

真是惊人，亡父说。我想起来了。

朱莉和托马斯在一旁围观。

很明显，如果命运稍微扭转，我就会成为他的而不是你的女人，朱莉说。假如我生在他尚能用重拳统治的疆域里——

他以前是个老色鬼，托马斯说，这一点众所周知。

现在也是个老色鬼。一找到机会就会乘虚而入占人便宜。

我注意到了。

最喜欢屁股，她说，他总是要狠狠抓一把。

我观察到了。

除了身体方面，他还在言语方面惹人注目，他已经通过多种表达暗示过，比如一起抖床单，一起潜入暗处，一起在梯子上跳跃，以及一起玩公鹅母鸭的游戏。

那你回应了吗?

像往常一样，用一种令人伤心的甜美语气回应了。尽管如此，他还是蛮有一套的。

哦是的，托马斯说，他确实有一套。我怎么也不会否认这一点的。

威权。不堪一击却实实在在地存在。他就好像一个你不愿意戳破的泡泡。

但请记得，曾经有段时间，他会用木头凿子切掉人们的耳朵。两英寸宽的刀片。请记得，有一段时间，单凭他的声音，他没有放大过的正常嗓音就可以让你的整个脑袋都倒空。

一堆鬼话，她说，你只是在维持他的神话形象。

鬼才维护他，托马斯说。这些事确实发生过。

在我眼里，你就不像是受过重伤或者遭到严重损害的样子。

有的时候你确实不太聪明，托马斯说。

有时候我不太什么？

聪明，托马斯说，有的时候你确实不太聪明。

行吧去你妈的，她说。

去你妈的，托马斯说，总有些时候我大意了，就把实话说出来了。

太草率了，太草率了，她说。自怨自艾一点都不吸引人。

哦行吧真该死就是这样了。我很抱歉。但是我的确付诸行动了，不是吗？我本来完全可以坐在家中，戴着我那系铃铛的帽子，不停买彩票，希望命运因此逆转，我的整个人生都发生改变。

我，她说。我，我。

确实还有这个原因。

你和我，她说着，从自己的背包里取出了一点印度大麻。来一口吗?

现在不用，谢谢。

你和我，她说，我们两个。

托马斯开始数自己的手指头。

是的，他说。

还有爱玛，她说。我看到你一直在看她。

我什么都看，托马斯说。所有出现在我眼前的东西我都看。爱玛就在我眼前。所以我也看爱玛。

她也看你，朱莉说。我看到她盯着你看了几次。

她长得还不错，托马斯说。

但是我们，你和我，关心彼此，朱莉说。这是事实。

暂时是事实，托马斯说。

暂时!

把大麻汁啐出来（力道十足）。

我的天啊，我只不过是在讲实话，托马斯说。

蛇蝎一样的人，她说。

是我知道的最美好的灵魂，他说，那副躯体也非常迷人。

你正打量呢，对吗？一个懂得打量别人的男人。

朱莉把更多的大麻塞进自己的嘴巴里。

你忘记了时间的消逝，托马斯说，我从没忘记过这一点。

我不喜欢这样。

有谁喜欢这样呢？

我把那些对心灵有害的都抛诸脑后。你却沉醉其中。

我并没有沉醉其中。

我们两个，她说，真该死，你就不能接近这个简单的概念吗？我们两个人对抗其他人。

暂时如此，托马斯说。

哦，你可真是蛇蝎心肠。

只不过是成了消逝的学生。

朱莉开始解衬衫的纽扣。

是的，这也是一种方法，托马斯说。十五分钟，或者在状态最好的情况下，三十五分钟。

来，跟我一起钻进灌木丛。

我会全心全意，托马斯说，但我不可能抛弃我已知的事实。人不是每天都能发现这种绝对的事实的。

你只不过是个见习蠢蛋，她说，甚至都不是一个完整的蠢蛋，尽管如此，我还是会让你尝一点甜头，因为我喜欢你。你真是条幸运的狗。

托马斯说了一通长篇大论，表明这一点的确是事实。

朱莉拽着托马斯的衣袖。

托马斯和朱莉钻到灌木丛下。托马斯双手握着朱莉的双脚。

要洗脚，他说。

是啊现在你倒提起这个了，她说。

如果你想的话，我可以帮你洗脚。

没必要。我知道该怎么洗。

洗脚巾，他说。是那块蓝色的小方巾。

对。

材质粗糙。

我见过它。

总是湿漉漉的。

我记得。

我猜我可以在你脚上放几个袋子，加锁的厚重帆布口袋，就像邮政部门用的那种。

哦可怜的我。

另一方面，膝盖后侧的膝弯倒是很有光泽。

它们还不错，对不对?

九根线条和一个雀斑，全部完美无瑕。别无所求。制高点。

爱玛也能做到同样完美吗?

我不知道，托马斯说。我得想想这件事。

朱莉用大拇指和食指圈成一个圆圈，狠狠地弹在托马斯的睾丸上。

托马斯痛不欲生。

疼痛会过去的，她说，亲爱的爱人，这只是暂时的。

10

埃德蒙在和爱玛讲话。爱玛满面笑容。在细小的涓流里洗袜子。讨论如何进行足部保养（泛泛而谈）。托马斯坐在地上，背靠大树，抽着烟，若有所思。埃德蒙告诉爱玛，经过全面考虑，她就是最好的。爱玛满面笑容。朱莉和亡父牵着手。托马斯抽烟。男人们玩惠斯特牌、套圈游戏和地掷球。一些能彰显地形特色的树木被砍倒当柴火。所有的男人都穿着深蓝色西装，打着领带。埃德蒙穿着深蓝色西装打着领带。托马斯穿着深蓝色西装，打着领带。亡父也穿着深蓝色西装，打着领带。他俯身靠近插满小动物、不停旋转的烤肉扦子。埃德蒙用爱玛的扇子轻拍脸颊。天啊。爱玛用埃德蒙的大拇指轻拍脸颊。天啊。爱玛告诉埃德蒙，他什么都不懂。大拇指不是用来触碰脸颊的，她说。大拇指不够纤长，相反，它又粗又短又胖，她说。如果想要触碰脸颊，而手头又没有扇子，食指是更好的选择。埃德蒙把一切都搞砸了，她说。可怜的求爱者，她说。明智的求爱者会认为自己的地位就像最不受欢迎的国家。这击垮了埃德蒙。埃德蒙重拾酒瓶。托马斯转过头来，注意到埃德蒙的沮丧。托马斯无动于衷。朱莉看着托马斯，注意到他没有采取任何行动。朱莉对亡父说：有的时候最好什么都不要做。亡父回答说：也许是大多数时候。他们继续牵着手，同时，亡父还在用没有牵着她的那只手抚摸她的一只裸足。朱莉把脚收回来。托马斯抽烟。天空中发生了异象。流星雨散落在漆黑的角落。浓云在开幕下朝着流星尾巴的方向执拗地移动（从左至右）。托马斯抽烟。亡父试着把手（左手）挤进朱莉的裙子腰带和身体之间。感到极度厌恶（热烈地）。朱莉拿走亡父的表饰，把它放进自己的口袋里。亡父微笑。一份礼物，他说，送给你。谢谢你，朱莉说，谢谢你谢谢你。谢谢我，亡父说，我已经习惯了别人这么说。我是真的谢谢你，朱莉说，而且你的鞋扣也很漂亮。它们是很好看，亡父说，所以我才会把它们系在那儿，我的鞋子上，因为它们很好看。两个人都凝视着亡父的银制鞋扣。托马斯抽烟。埃德蒙几乎整张嘴完全贴在酒瓶口上。爱玛面试那些男人。他们有多高？六英尺一英寸（一米八五），五英尺十一英寸（一米八），四英尺二英寸（一米二七），诸如此类。都是为了补全我的档案，爱玛说。托马斯抽烟，轻轻用左手空闲的几根手指挠了挠左颧骨上方的脸颊。从前哨那边传来警报声。亚历山大朝着托马斯跑了过来。在托马斯耳边低语。托马斯掐灭雪茄，站起身，四处寻找自己的佩剑。找到了剑，扣到背剑带上，把橙色的紧身裤（右裤腿）塞进橙色靴子里。

文德人到这儿了，他说。

他们匆忙赶向现场。

马路已经被封锁。道路用栅栏围起来。马路对面部署了一支军队，远处每一个可以驻军的高地都站满了士兵。

现在可好了，文德人的首领说，你们看起来真是赏心悦目。

日安，托马斯说。

朱莉点起一根烟，爱玛也点了一根。

现在可好了，文德人的首领又说，你们还打算沿着这条路走到更远的地方吗？

如果您允许的话。

你们会一直拖着那个丑陋的大家伙穿过文德人所在的国家，经过所有的长度和宽度吗？

只经过所有的长度，托马斯说。不会经过所有的宽度。

我们不想要他，文德人的首领说。谢谢你们，不用了。

我们没想着要留下他，托马斯说。只是经过。

它是我想的那个吗？文德人问。

它就是亡父。

就是我想的那个。就是我想的那个。我估摸得有三千腕尺那么长吧。

三千二百腕尺。

你是怎么让他通过马路拐角的？

他也有关节可以伸缩弯曲。

死后不会有尸僵吗？

没有。

那他就没有正确地死去。

在某种意义上确实如此。

他生死兼具，对不对？

这件事和其他所有事一样，万般皆如此。

有没有什么气味？

圣人的气味，只有这个。

排泄物呢？

当然大得吓人。

他会猥亵女人吗？

并非完全如此。

那是什么意思，“并非完全如此”？

他会试着那样做，但我会控制住他。

怎么做到这一点的？

轻轻敲击他的前脑。

他会与人对话并发表权威声明吗？

托马斯没有回答。

说啊，他会吗？

没有说什么不能被忽略的。

文德人的首领盘腿在马路中央坐下。

稍微耽搁一会儿，他说。

他们坐在地上。十九个男人。爱玛。朱莉。托马斯。亡父。

随后，文德人的大部队也坐了下来，发出一阵如同滑坡般的巨响。

让我来给你们讲讲文德人的事，文德人的首领说。我们文德人和其他人不一样。我们文德人就是自己的父亲。

你们是吗?

是的，文德人说，所有男人都希望成为自己的父亲，而从最开始的时候，我们就是了。

真是不可思议，托马斯说，这是怎么做到的?

通过成为一名文德人做到的，首领说。文德人没有妻子，只有母亲。每个文德人使自己的母亲怀孕，因此成了自己的父亲。我们都遵照正确的法律程序，与我们的母亲结为夫妻。

托马斯正在数自己的手指头。

你对此存疑，首领说。那是因为你不是一个文德人。

我没法理解这件事的技术细节，托马斯说。

只要相信我的话就行，文德人说，这不比理解基督教难。关键在于，我们不习惯身边有这样一个光芒万丈的父亲随时指责并纠缠我们。我们对这一套不感冒。事实上，我们对此怀有极大的意见。所以，我们不希望你们身边这坨巨大的庞大的尸骸出现在我们国家，哪怕只是暂时路过。他身体的某部分也许会脱落在这里。

还有没有另外一条路？托马斯问。

没有了，文德人说，没有其他路能带你们抵达目的地。我想你们的目的就是寻找金羊毛。

确实如此，托马斯说。

我们不确定那种东西是否存在，文德人说。

它的确存在，托马斯说。从某种意义上而言。

我知道了，文德人说。好吧，如果它确实存在，它也是在文德人统治的国家的另一边。

这就是问题所在，托马斯说。

当然了，你们要是想从这里通过可以与我们进行战斗，文德人建议道。

托马斯凝视着文德人的部队，成千上万名士兵。

这只是第三装甲兵团，首领一边说，一边指了指自己那些身披铠甲的装甲兵。第一装甲兵团在身后很远的东部地区。第九重装步兵团在西部地区。第二十六祖鲁兵团正在执行封锁任务，我不能告诉你们他们在哪里。这些都只是守卫边境的部队。如果你们决定要通过战斗的方式进行突破，他们应该会很开心的。

我们只有二十三个人，托马斯说。算上埃德蒙。

你们的母亲们相当美丽，首领说。那边那两位，一位体态轻盈，一位黑头发。非常可爱。

她们不是母亲，托马斯说。

也许她们很快就能学会怎样成为母亲，文德人说，大部分女人天生就懂得如何做母亲。

如果他比现在更像死人呢？托马斯一边问，一边指向亡父。那样是否就可以在文德人的国土上运送亡父的躯体？

当然了，如果将他肢解，加以烹制，这件事的性质就完全不同了，首领说。那样的话我们就可以确定他已经死透了。

我可没打算做到那一步，托马斯说。

那我们各自让步，文德人说，只要把他煮上一天，我们就让你们自由通过。

全世界也找不到一口这么大的锅呀，托马斯说。我建议这样：我们砍掉他的一条腿，然后用它做一顿烤肉，来表示我们的诚意，同时也以此保证他绝对不会对你们的国土造成污染。

腿？文德人说。

他思考了一会儿。

那应该足够了。但是从现在开始，我们会密切观察你们。不许搞什么鬼把戏。

你想怎么密切观察都行，托马斯说，但你要是闻到恶臭，不要怪到我头上。

文德人的首领回到手下的身边。托马斯下令收集柴火，准备点燃巨大的篝火。

这是怎么回事？亡父问道。接下来该怎么办？

需要一点点戏剧化的场面，托马斯说，你即将出演最棒的部分，快躺下，闭上眼睛，接到暗号就开始咆哮，然后像一块石板一样躺平别动。

为什么？亡父问。

为什么，没有为什么，托马斯说，快点，摊开身体躺平。

亡父躺在马路上，整个庞大的躯体都躺了下来。

爱玛、朱莉、埃德蒙、亚历山大和萨姆感到焦虑。

男人们回来了，带回大捆大捆的柴火。

托马斯拔出剑，靠近亡父的左腿，那条机械腿，不是有血有肉的那条。他开始大力切割。

11

马路上。大篷车。人们用小小的叉角羚牌相机拍下一张张照片。闪光灯一闪一闪。

我的腿变黑了，亡父说。

但它还能运转，托马斯说，祝贺你自己吧。

你非常干净利索地对我进行了切割，亡父说。我承认这一点。

哦，那场篝火如此盛大，托马斯说，非常有说服力。

文德人的国家过于颠簸了，亡父说，我很高兴我们总算离开那里了。

交错的羊肠小道，托马斯表示赞同。

那些自己是自己父亲的人少了点什么，亡父说。准确地说，少了父亲。

在一切对抗一切的那场战争中，父性是战争的基础，托马斯说，我们可以探讨这一点。

我可以证明这一点，朱莉说。

我也可以，爱玛说，因为我对此一无所知，所以我不会有任何预设观点。

从哲学的角度而言，这是一种优雅的状态，亡父评价道。

朱莉开始发表观点。

父亲就是个操他妈的混账，她说。

字面意义确实如此，托马斯说。

阴道，她说，并不在它看起来所在的地方。

我们同意，托马斯说，我们听到过这样的说法。

向北移动，你会发现一个小小的按钮。

点头表示理解。

那么，直接对着这个按钮狂轰滥炸并没有什么好处。这又不是电梯按钮，也不是门铃。不应该对着这个按钮狂轰滥炸。应该是——

她停下来，试着找到最合适的表述。

为之庆贺，托马斯提议。

精心装扮，爱玛提议。

不能狂轰滥炸！朱莉激烈地说。

点头表示同意。

阴茎，她接着说，在这件事上基本没什么用。绝对不可以使用擀面杖。一股股蓝色的热血——

这些和父性有什么关系呢？亡父问。

我只管说我想说的事，朱莉说，这是题外话。

确实如此。

被操的母亲怀上了身孕，朱莉说。在经历了我无须赘述的痛苦之后，产下小狗崽子。然后对话就开始了。父亲开始同它讲话。这个“它”就像发病一样什么都无法理解。这个“它”仿佛在一台离心机里不停旋转。寻找能够建立起纽带的事物。就好像暴风雨中无助的小船。可是那里有什么？只有父亲。

母亲去了哪里？爱玛问。

母亲不像父亲那样具备支柱一般的气质。她更像是这世间的一粒尘埃。

一粒尘埃？

她的整体被分解成无数离散的微小黑色颗粒，覆盖在所有事物上，朱莉说。

支柱和尘埃，亡父说。你对事物的看法确实很阴郁。

那我又是从哪里学到这些的呢？要让我的头脑构想出这个体系，它们一定有外在的现实基础吧？我不仅仅是闲来无事——

你是快要哭出来了吗？亡父问。

不是，朱莉说，我从来不哭。除非我意识到自己都做了些什么。

谁为父亲代言？亡父问道，谁会以上帝的名义——

整个家庭单元生产出僵尸、疯子和变态，托马斯说。远比所需数量要多。

上次人口普查，有百分之十八是这一类人，朱莉补充道。

我并不是说这是你的过错，他对亡父说。

埃德蒙就是一个例子，爱玛提议道。尽管讨人喜欢。

我觉得不是那回事，托马斯说，他是个酒鬼，仅此而已。

他现在在做什么？

托马斯朝着马路的方向看去。

吮吸他的酒瓶，他说，我已经把他的三个酒瓶甩进灌木丛了，但他总能拿出新的一瓶。

干脆来一次彻底搜查，亡父提议。你们站在各自的床铺旁，连你们的床脚柜也要打开。

最好不要，托马斯说。

五十岁的老男孩，朱莉说，这又是另外一种现象了。

你是在责怪我吗？亡父问。

这样的人确实存在，朱莉说，穿着他们的西装和女式内裤，咧着嘴傻笑。还有科迪斯女鞋。

原因是什么？亡父问。

他真的想知道答案吗？托马斯问。不，我觉得他不想。如果我是他的话，我就不会想要知道答案。

他们还是老男孩，是因为他们不想变成糟老头，朱莉说。在当下这个社会糟老头不会被人珍惜。

要么就是老傻瓜，托马斯说，另一种他们不想成为的人。

这样的语言实在算不上是恭维，亡父说。特别是讲给一个已经到了某个年纪的人听。

从舞台跌落对于他们而言就如同中了诅咒，朱莉说，他们想在九十岁的时候也可以爱抚新的女人。

那有什么不对的吗？亡父问。在我看来非常合情合理。

女人物化，她说。言辞激烈。

爱玛盯着大路的方向。

埃德蒙已经瘫倒在马路旁边自己的呕吐物里了，她说。

托马斯小跑过去，其他人正把埃德蒙扶起来。他回来时手里拿了一个银制酒瓶。

里面是什么？朱莉问。

托马斯倾斜了一下瓶身。

茴香酒，他说，或者其他某种甜酒。

再有就是，朱莉继续对亡父说，这种行为很不得体。丑陋至极。或者这么说吧，看起来就很恶心。

亡父解开他的缆绳，冲向马路的另一头。

他又要那么干了，爱玛说。用鲜血将大地染成红色。

不，托马斯说，他不会的。

托马斯向前跳了两下，抓住亡父。

你的剑，先生。

我的剑？

交出你的剑，你这个笨手笨脚的莽汉。

你这是在惩罚我，亡父说。又一次这么对我。

男人们在围观。朱莉和爱玛也看着他们。

剑，托马斯说。

你是在要求我放弃我的剑吗？

是的。

那我就没有佩剑了。想想，那代表着什么。

我想过，想了很久，很认真地想过了。

我必须交出来吗？

你必须如此。

亡父从剑鞘里拔出佩剑，凝视着它。

古老的痛苦之流！我最辉煌时刻的伙伴！

他凝视着托马斯。

托马斯伸出一只手。

他交出了自己的佩剑。

12

亡父沉重缓慢地前行，他走在缆绳的最后方。他长长的金色长袍。他长长的灰发垂落至肩头。他宽大又尊贵的眉毛。

异乎寻常的冷静，朱莉说。

像一个邮递员一样沉着冷静，托马斯随声附和，他正尝试着表现得像一个好人。

要做到这一点，对他而言比对你或对我来说要难多了，他并不习惯这么做。

我从来不是好人，直到我成为一个成年人，托马斯说。而即便那时——

我从来不会让我的漂亮脑袋思考这些烦心事，朱莉说。有的时候我做对某些事，有的时候我做错某些事。遇到复杂困难的情况，我就闭上眼睛往前跳。我总是不停地这样跳着往前走。

但在那些涉及个人情感的情况下——

我会与之背道而行，她说。与我的个人情感。最值得信赖的方法，我从加尔默罗会[①]的修道士那里学来的。

我遵从我的个人情感，托马斯说，只要我能感受到它们的存在。

他一直很安静。

走了这么多英里的路，他还没四处张望过。

也许他顿悟了？

还是往好处想吧，托马斯说，再判断他并没有顿悟。这是最基本的事实。

朱莉挤了个鬼脸。

世界缓慢的污染。是谁说过这句话的？我想想。“免受世界缓慢的污染。”[②]

如果我知道此事，我一定会加以阻拦的，托马斯说。

朱莉又嚼了一大口大麻。

还有那些男人，托马斯说。那里可能会出现问题。

胡说八道。仅仅凭着我们在他们灰色墨水般的人生中添加了那么多红色、蓝色和银色的条纹，他们就能获得足够的补偿了。不用担心那些男人。他们毕竟只是些男人罢了——一台拖拉机也能完成同样的工作。

那样做出的作品就不完整了，托马斯说。想想吧：马路

---

① 天主教托钵修会之一。

② 出自英国诗人雪莱的诗歌《阿童尼》。

上，那十九个，那些无可救药的老家伙，一起拖拽着缆绳。那条缆绳本身，被拉得紧绷绷的，与地面形成一定角度，从这头延伸到那头。最后，是被缆绳拖拽的事物：这位圣父，以其最威严的形象出现。他的那种宏伟。一台拖拉机可就过于寡淡无味了[1]。

咀嚼大麻的声音（态度不明）。

在你成年之前，托马斯问，你都在做些什么？

大部分时间都在密谋。不分昼夜地密谋，目标就是成功实现目标。一天早上，我起床的时候怒火冲天，在那之后的好多年我一直都很愤怒——那就是我的青少年时代。愤怒，随时暗中谋划。到底该怎么出去。到底该怎样得到卢修斯。到底该怎样得到马克。到底该怎样远离弗雷德。到底该怎样夺取权力。都是这种事情。还花了很多时间保养身体。这副身体那么年轻，那么美丽。它值得被呵护。

现在也很美丽，托马斯说。现在也很美丽，让人喜爱。

谢谢你，她说。曾经有过很多男人，我不会否认这一点，他们就好像扑火的飞蛾。我也曾试着去爱他们。可是真他妈难。我房间的窗旁有一支捕鲸枪。当他们在街上走动并做出一副自己仿佛很尊贵的滑稽样子时，我就会用它瞄准他们。尽管我可以发射标枪，我可以操作它，但是我从来没有这样做过。

---

① 原文为法语。

让他们出现在我的视野里就已经足够了。我的手指放在触发装置上，标枪随时都会飞出去，但从来没有。这种张力极为微妙。

我还以为那是件艺术品[①]，托马斯说。

朱莉微笑起来。

我年轻的时候，也就是在去年，我总是会走到水边。水流会对我讲述我自己的故事。一些图像浮现在我眼前。画面。巨大的绿色草坪。一栋有立柱的大房子，但因为草坪太广阔了，从我们站的地方只能模糊地看到那栋房子。我穿着一件及地长裙，身边还有其他人。我诙谐。他们大笑。我也聪慧。他们沉思。每一个手势都蕴含无限优雅。他们懂得欣赏。在最后的时刻，我拯救了一条性命。我衣冠整齐地跳入水中，抓住溺水者的头发，双手抱住他的胸部，拖着这个蠢货游到岸边。重重地打一下他的后脑，好让他停止慌乱中的疯狂挣扎。把他拉到饱经风霜的老码头，他仰面躺在地上，我逐渐疯狂，试着对他进行抢救。往后退，我对围观的人群说，往后退。这个一脸茫然的家伙终于睁开了眼睛——不，眼睛又闭上了——不，眼睛又睁开了。有人向我湿漉漉、散发出白色光芒、美艳惊人的肩膀上扔了一条毯子。我一把掏出我的口琴，给他们吹奏了两小节快节奏的“红魔鬼拉格泰姆乐”。经久不息的喝彩声。完完全

① 原文为法语。

全取得胜利。

你忘了说阿尔伯特·施韦策的事了，托马斯说。

很难把他加到故事里，朱莉说，不过他确实存在。

就在此刻，亡父靠近托马斯，手里拿着一个小盒子。

一件礼物，他说，送给你。

谢谢你，托马斯说，这是什么?

打开它，亡父说。打开盒子。

托马斯打开盒子，发现里面有一把刀。

谢谢你，他说，这是用来做什么的?

用它，亡父说。随便切点什么。随便割掉点什么。

我言之过早，托马斯说，他还没有接受和解。

我永远不会接受和解，亡父说，永远不会。我遭到冒犯时，会降下责罚。我很擅长惩罚别人。我有很多挺不错的惩罚手段。任何胆敢轻视我的人。从第一天开始，冒犯我的人就会被结实的绳子捆起来，倒挂在二十层楼那么高的旗杆的顶端。到了第二天，给冒犯我的人换个姿势，让他右侧身体朝上，继续挂在同一根旗杆上，这样血液就会从他的脑袋里流出去，让他为接受第三天的惩罚做好准备。到了第三天，给冒犯我的人松绑，让他接受一个持有行医执照的口腔外科博士的“照顾”，博士将他的上排牙齿每隔一颗就拔掉一颗，再将他的下排牙齿每隔一颗就拔掉一颗，根据提供给他的示意图，被拔掉的牙齿位置也都不对称。到了第四天，给这个冒犯我的人吃坚硬的食物。到了第五天，给这个冒犯我的人一些安抚，让他穿上柔软精致的衣服，送给他酒壶，将体态婀娜的女人送到他身边，这一切都是为了让第六天的打击来得更猛烈。到了第六天，冒犯我的人被关进一间小屋，屋里播放着卡尔海因茨·施托克豪森[1]的乐曲。到了第七天，给冒犯我的人身上挂满荨麻。到了第八天，一边给冒犯我的人放卡尔海因茨·施托克豪森的乐曲，一边让他浑身赤裸滑过一千英尺长的剃须刀片。到了第九天，让孩子们把这个冒犯我的人缝合起来。到了第十天，把冒犯我的人关在一个小房间里，房间里摆着德日进[2]的著作，播放着卡尔海因茨·施托克豪森的乐曲。到了第十一天，冒犯我的人身上的缝线被一群左右手都戴着棒球接球大手套的孩子们拆下来。到了第十二天——

我要向你道歉，不该说你在维持他的神话形象，朱莉对托马斯说。我现在改变主意了，开始赞同你的看法。

---

① 卡尔海因茨·施托克豪森（1928—2007），德国作曲家，代表作有《十字形游戏》《曼陀罗》等。

② 皮埃尔·泰亚尔·德·夏尔丹（1881—1955），法国哲学家、古生物学家，中文名为德日进。

13

山。大教堂。石头台阶。音乐。往下看。窗户，孔隙。一排排端坐的人群。祭坛，灯光，吟唱。鸡蛋状的孔隙就好像在虚空之上形成的座椅。雨滴。云朵。悄悄溜进座椅里。托马斯悄悄溜进座椅里。面对虚空。脚抵在边缘处。向后靠，肩膀搭在开口处。在外面的庭院中散步。蓝色的花朵，有一圈白边。亡父散步。朱莉散步。其他人散步。埃德蒙散步。音乐，一支弥撒曲。边缘。坠落。石阶。山魈瞪大眼睛。摄影师和厨子。托马斯坐在倾斜的座椅里。滑向边缘。用脚抵着外侧的围墙，围墙在颤动。肩膀围着内墙拱起，左手抓住围墙。出门散步。朱莉对亡父讲话。亡父微笑。人们坐在石头长凳上。列队游行。在华盖之下。金色的香炉左右摇摆左右摇摆。高大的老男人戴着金色的主教之冠。侍僧。镶嵌紫水晶的指环。边缘。望向边缘之外。峻峭的围墙。云朵。托马斯悄悄溜进座椅里。右脚抵着外侧的围墙。一床被子——或者是毯子——滑向边缘。

肩膀拱起，紧紧贴着内墙。围墙在颤动。整个凹室的形状就像个鸡蛋。被子滑向边缘。吟唱。山。一连串的石阶。大教堂。青铜大门与此时的场景错乱地交织在一起。一排戴着筒状军帽的手榴弹兵。跪下。鸡蛋内部。刷过的砖墙，白色，曲线状。蓝色和红色的地毯或是被子滑向边缘。在大教堂的墙壁上。窗户开在边缘之上。震怒之日，终末之时[①]。亡父坐在大教堂的花园里。朱莉坐在他的脚上。亡父的头向后仰着，靠在墙上。朱莉画素描。埃德蒙站在边缘旁。埃德蒙吃东西。人们两两爬上石阶。站在边缘旁。青铜大门打开了。一排排忏悔室。手榴弹兵。侍僧两人一组站在红色的华盖下。神学校的学生跟在后面，穿过大门。弯弯曲曲、刷成白色的砖墙，但是有一块石头松动了，不，有好几块。按压边缘右侧，它颤动起来。抓紧边缘内侧。试着把肩膀楔入身后的墙中，但地毯正滑向边缘。既色情又充满宗教色彩的体验。托马斯在花园中散步。亡父的头向后仰着，靠在大教堂的墙壁上。朱莉画素描。滑落。画素描。滑落。

很有可能从这里掉下去，朱莉说。

我察觉到了，托马斯说。

非常有可能掉下去，她说，我有一种坠落的预感。

你害怕了吗，亲爱的？托马斯问。

---

① 原文为法语。

他把自己的剑插在地面上，用双臂将她抱在怀里。

双臂抱紧我，她说，我喜欢这样。

永远会用我的双臂抱紧你，永远，会拥抱你身体的每个部位，托马斯说。

再往上移一点，放到我的乳房下面，这样我的乳房就可以歇在你的双臂上，朱莉说。

不要在我面前这样做，亡父说。

放在你古铜色的前臂上，朱莉说。

垂下的乳房颜色白皙，托马斯说。

他们离开彼此的身体。

那个骑马的人，他还跟在我们后面吗？爱玛问。

依然跟在身后，托马斯说。依然尾随。

朱莉朝爱玛靠了过去。

也就是说你的床被拿走了。

是的。

这种屠夫般的凶残行径算不上得体。

你会让他来看看吗？

很难讲。这是我们国家占据主流支配地位的节奏。

让你寸步难行。

现在，晚上的时候会蹬一会儿三轮车。

他把时间都花在搞湿女人下身这件事上了。

青春崭露头角，青春享受属于它的光荣时刻。

就像是对着照片拍照。

也许在此之前我们就该大声说出来。

灰暗的一天，灰暗的一天。

我当时病倒了，一系列无穷无尽的噩梦。

你能有时间见我，要心怀感激。

曾袭击我的那种可怕诱惑现在终于可以被他人理解了。

在水牛游荡的地方。

我已经用香油精心擦遍全身，还带了一大瓶威士忌。

还要比现在更强硬一点。

我以为听见了狗叫声。

在荒蛮之地，远离真心所在。

细细的银白色头发，我还以为只有我有这样的发丝。

一位淑女总会如此。

告诉他们那次列宁如何在一场梦里出现在她面前。

那是你的看法。

他送来的卡片旁还附了两打白玫瑰。

我在《意大利晚邮报》读到过这件事。

时间已经过去太久了，太久了。

随时都可以离开。

这附近哪个地方能让这副身体感受一回亲吻？

加入，离开，抵达，忽视。

希望刚好在合适的时间告知你。

鱼鳞，废纸。

一点一点地靠近，一点一点地死去。

既不难过也不肃穆。

这是最讨厌的事。

什么?

这是最讨厌的事。

什么?

古老的丹麦谚语。

什么?

重复即现实。

我读到过这个。在《丹麦政治报》上。

一个旁观者也应尽义务，对一次很容易遭遇的邂逅表达超出一般礼貌的关怀，以至于我们要考虑如何以及何时让他正式加入其中。

我读到过这个观点。在某本书里。

是的。欧文写的书。

是的。替你撕裂你的鼻腔。

你无尽的慷慨仁慈和特殊照顾。

他们说他吃掉了自己的孩子。

这也是看待这件事的一个观点。

我以为听见了猪叫声。

欢欣鼓舞，没有半点快乐。

中产阶级的媒体就是会讲故事。

脸面?

是的，脸面。

什么?

脸面。

关于脸面的问题。

一直以来都对脸面很感兴趣。

我对这个没什么兴趣。

永远永远永远永远。

也有可能是一个该死的傻瓜。

我对这个没什么兴趣。

我不怪你，我是在那种信仰中长大的。

什么?

我是在那种信仰中长大。

什么?

已经太久了，太久了。

加入，又离开。

他喝醉了。哪一个?他们所有人。那一定有原因吧。

你试过和别人干这事儿吗?

到了晚上，沿着一条小路前行。

什么?

由星星掌舵。

对这个位置格外感兴趣。

让他的耳朵发红。

在他的脑袋里塞满雀跃的点子。

那一定有原因吧。

她的魅力让她有机会近距离深入了解。

很高兴听你这么说。

这个白痴之前过着彻头彻尾混乱无序的生活。

很抱歉你有这样的想法。

涂满了奶油。

巧克力奶油?

没错巧克力奶油。

关键是对忏悔的强烈渴望。

我听说过。

海湾那边要日落了。

风中飘着铅笔屑。

试着去应付它。

给你一个接吻的机会。

我能照顾好我自己。

不你不能。

明天总还会有另外一次机会的。

不不会有的。

想要好起来，但看起来越来越糟。

那是你的看法。

总是在不停制造回忆。

这只是看待此事的一个角度。

整件事铰合在一起。

我听说过。

所以，有机会与其他人交谈的时候，就没必要一直澄清。

我可以理解这个说法。

现在让我们简单回顾一下这些种类。

已经等了一整天了。

她很粗俗。

她是这种人？

非常粗俗。

她现在也这样？

是的非常粗俗，粗俗得有些过分了。

真的吗？

最粗俗的人之一。长期以来一贯粗俗至极。

我很吃惊。我不知道这回事。

最粗俗的人。哪里都俗不可耐。

很高兴能和你共度这段时光。

真他妈的粗俗，你可能觉得难以置信。

是夕阳下的红帆。

是迈阿密天空中的月亮。

我真的不是那个意思真的。

我之前做错了我现在意识到我做错了。

你是在信仰中长大的吗？

不是。

你不是在信仰中在长大的？

我是，我的意思是说我曾经是，但我逃了出来。

到处都粗俗不堪。

使眼色就是为确立地位而发明的经典手段。

这倒是真的。

我谢过那个体形硕大的黑人女子，撤退回来。

抓紧了。

这就对了，抓紧了。

岁月因可怕的压力留下了印记。

我记得。

旷野，以及自由，以及。

向圣犹大祈祷。向象头神祈祷。[①]

我真的不是那个意思真的。

你是在信仰中长大的吗？

我的成长经历一半在信仰中，一半在信仰外。

那是一种什么样的感觉？

---

① 圣犹大为耶稣十二门徒之一，并非出卖耶稣的加略人犹大。象头神为印度教中的智慧之神。

污秽不堪。

你觉得污秽不堪?

是的污秽。污秽污秽污秽。

在信仰中长大会有污秽不堪的感觉?

我刚才就是这样说的，你是耳朵不好还是怎么了?

我认为前戏才是最有意思的环节。

是的前戏才是最有意思的环节。

有些人喜欢媾和。

我听说过，但我个人认为前戏是最有意思的环节。这一步更有意思。

真的没有在这件事情上考虑太多，我学的是英语专业。

有些人只想赶紧把这一步应付过去。

是的，我听人这样讲过。

如果你对前戏感兴趣，它的大部分内容都很有趣。

我听人这样讲过。你一定学过解剖学。

完完整整。

14

亚历山大，萨姆和埃德蒙。要求获准开口发言。

当然可以了，托马斯说。什么事？

是这样的，先生，亚历山大说，有些伙计一直在琢磨。

是吗？他们一直在琢磨什么？

是这样的，先生，亚历山大说，男人们心里忧郁。

哦我的天，托马斯说。哪种？

是这样的，先生，要我说只是些小毛病。与其说是闷闷不乐，倒更像是心里泛酸。

都有哪些症状？

头痛，眩晕，耳鸣，时常惊醒，眼神呆滞，红眼，脸色血红，腹部僵硬，打嗝声短促尖锐，头脑空空，身体左侧持续疼痛。不是每个人都有全部症状，大部分人有其中两种。有的人有三种。有一个人有四种。

是我，埃德蒙说。

我不是已经把分配的朗姆酒酒量加了一倍吗？托马斯问。

你是这样做了，先生，你这样做了，我们也很感激。但是——

行吧，那到底是什么问题？

是这样的，先生，我正要说到这个。这个问题，亚历山大说，涉及伦理道德。

哦我的天啊，是部分的还是整体的问题？

是这样的，先生，我们觉得也许我们不该做正在做的事。你也可以这么理解，我们觉得这会给我们造成精神盲点。

造成什么？

会让事实蒙上一层阴影。

什么事实，怎么蒙上阴影了？

是这样的，先生，亚历山大说，对此你可以这样理解。是这么回事：伟大的父亲被我们这样的人一直粗暴地拖着拉着，一路颠簸，磕磕绊绊，拖拖拽拽，他的老胳膊老腿伤痕累累，他那种雄壮的气息也全部紊乱，六月不适合开展新事业，根据星图，也不适合继续已有的事业，因此，我们是想说，我们这群人有一种微弱的直觉，最好还是不要这样做，考虑到这位伟大的父亲，这个把月亮挂在臂弯，如同天空之眼一般全知全能的主人，如同奥斯曼帝国权力无上的总督，如同古时候的可汗，如同牧牛王，如同印加王，如同可汗之子，如同狂暴者的召唤，如同叩头国国王，如同主要控股人，如同司令官，如同最高等的圣徒，这个存在，我是说，在一个以人类为中心的世界成为如此至高无上的存在，他让肥沃的绿色原野长满玉米，诸如此类，诸如此类，而他这样一个存在，要被我们这种笨蛋拉着走过数里路，经历数个倒霉透顶的日子，浑身伤痕，不再伟大，可笨蛋也长了脑子，能进行思考，我们想的是，走到哪里才是终点？为了什么目的前进？我们做对了吗？我们做错了吗？我们有罪吗？应受何种程度的责罚？之后是否会有一场审判？官方问讯？法院制裁？白皮书？你告诉他了吗？如果你告诉他了你都告诉了他些什么？如果遭到责备，其中有多少是对我们的责备？百分之十还是百分之二十？还是更多？每天早上，每天晚上，以及每天午饭后，洗完所有的餐具后，我们都会搜寻自己的内心，我们想要去哪儿？为了什么？我们的良心会动摇吗？我们是在做正确的事情吗？我们对你一片爱意和敬意，托马斯——你那高大的身姿，我们一刻都未曾质疑过你的智慧和你的真心——简单来说，就是我们心存疑虑。

恰逢时机。托马斯站起身来。

你提的问题都很好，他说。你的担忧也非常合情合理。我觉得我最好的回复就是给你讲一则逸事。我想你应该很熟悉马丁·路德试着拉拢弗朗兹·约瑟夫·海顿[1]加入自己的事业的故

①马丁·路德（1483—1546），德国神学家，欧洲宗教改革发起人。弗朗兹·约瑟夫·海顿（1732—1809），奥地利音乐家。

事吧。他给海顿打了一个电话，说："乔[①]，你是最棒的音乐家。我想让你为我们创作一首曲子。"而海顿只是回复道："没门儿，马丁。压根儿没门儿。"

你把两个人所处的世纪都搞混了，那时候应该还没有电话，而且再怎么说，我也没搞明白你的意思，埃德蒙说。

看到了没！托马斯大叫起来。就是这个！事情并没有那么简单。总是有可能犯错，即便怀有全世界最美好的意愿。人总是会犯错。做的事并非都是正确的。正确的事情也不一定都能做到。也有一些不清不楚的情况。你必须要容忍那种焦虑不安的感觉。否则就算退出——从道德角度讲。

我痛恨焦虑感，埃德蒙说。他拿出一个酒瓶，斜着往外倒酒。

要来点吗？他问托马斯。

那是什么酒？

涂料稀释剂，加了一点点石榴汁糖浆。

我就不用了，谢谢，托马斯说。

你还是没有解决我们面前的困境，亚历山大说。如果你可以给我们一个关于行动意义的声明——不管这声明有多么牵强荒谬……给我们一点说法，让我们能给那些男孩一个交代。

我们正在帮助他度过一段艰难的时期，托马斯说，可以这

①"约瑟夫"的昵称。

样讲。

随后，他脑海中似乎灵光一闪。

你也可以说，这是一场彩排。

15

亡父正在和爱玛交谈。清晨的粉色薄雾。可以看到种植失败的植被，枯萎的漆树，凋谢的鸢尾花和夹竹桃。远处是模糊的低矮群山。亡父身着金色长袍。爱玛穿着绿色的工装裤和绿色的工装服。

你今天早上看起来非常美丽，亡父说。

哦，是吗，爱玛说。

你是个非常美丽的女人，亡父说。

不不是，爱玛说，只是个普通人。只是一个普通的女人。芸芸众生中的一个。

根本不是，根本不是。我这辈子见过的漂亮女人可不止一个。

是的，爱玛说，我相信你见过很多。

一些光彩夺目的美人。一些美艳非凡的女士。我觉得我可以区分什么是普通什么不是普通。甚至可以说，你是独一无二的。

根本没那回事，爱玛说。只不过是海滩上的一只普通沙钱。

不，不，不，亡父说，相当不同寻常，真的。比如说，你的胸部。

是的，爱玛说，有些人的确觉得它们很饱满。

饱满！这话说的。我有二十年没见过这样的乳房了。

是的，爱玛说，有些人的确觉得它们长得还算说得过去。

我认为它们可以与昔兰尼的阿佛洛狄忒[1]相媲美，要是你能脱下衬衣，让我看得更清楚一点就好了。

不，爱玛说，我觉得不应该那样做。你只能隔着衣服看个大概的轮廓。脱衣服是朱莉的把戏。

我还记得某个人的乳房，亡父说。也许比你的这对乳房更棒，也许比你的这对乳房更糟。不过它们都很漂亮，那些乳房，都很漂亮，它们都有属于自己的美，所以用“更棒”或者“更糟”这种词形容其实是愚蠢的行为，实际上只不过是萝卜青菜各有所爱。

是什么样的胸部让你记得那么清楚？

那位女士是一名律师。因为一次事件出现在我面前。当时我在主持官司。案件的当事人是一位搞同性恋的海军上将，他

---

① 昔兰尼为古希腊城市，曾出土阿佛洛狄忒（即罗马神话中的维纳斯）的雕像。

在干一帮黑人的时候被抓了个现行。一整帮黑人。就在充满蒸汽和油污的引擎室里乱搞。有人暗示黑人受到胁迫，有人暗示这是高等军官对下级的欺压。诸如此类，诸如此类。她为海军上将辩护，穿着律师袍。我注意到她的袍子。那袍子给人一种非常性感的感觉。我被迷住了，目不转睛地盯着她。她的身体曲线分明，袍子下的那对乳房，我不知道该如何描述。让人头晕目眩。她的辩护词十分有力，可能是我读到过的调查最为详尽的案情摘要了。另一方面，政府的起诉状准备得非常马虎。我做出了有利于她的裁决。严格基于案情实质。各种实质性依据。结束之后，我们一起在我的房间里喝了杯白兰地。她说我不像别人描述得那么坏。我说，哦是的我就是那么坏。我们一起在阿胡拉岛上待了一个礼拜。蜜蜂和洋蓟，我还记得。无与伦比。她教会我许多法律知识，真的，我之前还以为我已经知晓了一切。克劳迪娅。嫁给了一个跳伞员，我记得是这样的。就是那种从飞机上跳下去，然后一直下落数千英尺，等着降落伞打开的那种人。终于有一次，伞没有打开。我记得那是一个礼拜三。我给了她一个法官职位，后来，律师协会两次提到她的表现优秀得超乎想象。克劳迪娅就是这样的一个人。

那她的胸部呢？她的胸部怎么样了？

愈发智慧，愈发美丽，依然坚信这个世界可以变得公平公正，我是这样想的。回首往事，她可能是我最棒的约会对象。

爱玛焦躁不安。做出调整衬衣、把裤腰拉高等一系列动作。把手指放在脖子附近紧张地摆弄。

我老了，亡父说，老了，老了，老了。就是因为这个你才不想让我看看你衣服下面。

并不是这么一回事，爱玛说。随后，她改变了自己的想法。

就是这么回事，她说。

我到底出了什么问题！亡父大喊。你让我觉得自己参加了一场糟糕的维也纳会议。

胡说，爱玛一边说着，一边牵起他的手。你和曾经的你一样好。或者说，几乎和曾经的你一样好。

既然如此，和我一起到床上去，我会在你耳边轻吐秘密。重磅秘密。

是的，爱玛说，秘密，这是第二好的部分，那些秘密。在我看来最好的部分在于购买家具。挑选毛巾。挑选不锈钢。挑选地毯。挑选盆栽植物。挑选卧室里用的长枕。挑选艺术品。挑选开罐器。

爱玛开始流泪（认真地）。

开罐器，她说，还有滤锅。

你为什么哭泣？亡父问。

我正在想沙拉的事，她泪眼蒙眬地说。一道又一道沙拉。我很会做沙拉。

不要哭了，拜托了。

我是那么擅长做沙拉，她说。

我相信你擅长。

只用初次进口的新鲜意大利橄榄油。蘑菇切片，有机或者非大规模机械化种植出来的西红柿，从我知道的一个小地方买来的。还有叶子类，这种叶子菜，那种叶子菜。糖霜，有些人管那叫雪花片，和盐、胡椒粉、香芹还有加工好的芥末一起撒在沙拉上——

到床上来，亲爱的沙拉小脑袋。和我一起到床上来。

不，我不会去的，爱玛说。请原谅我这么说，但是你确实，你确实，你确实太老了。

亡父倒在地上，开始咀嚼马路上的泥土。

不要这样做，亲爱的朋友，爱玛一边说着，一边戳他的肩胛骨。这样做也无济于事。

16

所有人都准备好参加盛大的舞会了吗?

我们只有两个女人，怎么办舞会?

女人们只能比平时加倍努力跳舞。

埃德蒙提出要跳第一支舞。

不，第一支舞是属于亡父的。

亡父的幸福。

亡父和朱莉跳舞。

埃德蒙和爱玛跳舞。

托马斯吹奏卡祖笛。亚历山大吹长笛。萨姆弹班卓琴。

他们演奏了“移民华尔兹”。

篝火的光芒。

那个骑马的人还在尾随我们吗?

是的，还在。

你跳得非常好。

是的，我确实跳得非常好。你跳得也不错。

谢谢你。用这条腿跳舞有点困难。

并没有，我的意思是说，你的舞步非常流畅，考虑到腿的问题，但说实话，我真的觉得这个舞会糟透了。

为什么？

这里一个人也没有。

我在这儿。

是的，但是这里没有别人，没有新人。

你想要新人吗？

我一直希望来点新人。

新人到底有什么好的？

他是新来的。那种新鲜感。

对我们这些不怎么新的人来说，你这样有点侮辱我们。

那太糟糕了。

为什么你一直四处乱看？

在看有没有新人。

是谁发出的邀请？

是谁雇来的乐队？

是谁拿出的香槟酒？

是谁把彩色绉纸贴在墙上？

是谁点燃了篝火？

真希望他们演奏些别的。

你想听什么?

新曲子。

任何新曲子都行吗?

任何新曲子都行。

那“莫斯科郊外的晚上”如何?

那不是新的。

我知道但这首曲子很好听。

没法跟着这首曲子跳舞它的节奏太慢了。

你有点过于挑剔。

我有点过于挑剔。

什么?

我有点过于挑剔。我知道这件事。给我讲点新鲜事。

不知道什么新鲜事。

我就知道会这样。

什么?

那边那些人是谁?

我不知道，也许是一直跟着我们的那个骑马的人或者他的几个朋友。也许是被音乐吸引过来的。

不他们不是他们是新人。跟在我们后面的骑马的人不是新人。

这些人看起来皮肤黝黑，身上毛茸茸的。

是的现在我又仔细看了看他们应该是群猿猴。

是的我懂你的意思了他们看起来确实是群猿猴。

一二三四五一共五只猿猴。

是的他们在随着音乐跺脚。

这首曲子是什么。

这首是“海棠果跺脚”。我一直都很喜欢这首曲子。

我也是这首曲子唯一的问题是它已经不新了，你觉得他们也想跳舞吗?

什么?

你觉得他们想跳舞吗，那群猿猴?

可以问问他们，但也许他们会过于用力地握手。

我愿意冒一冒险。他们是新来的。

也许他们会用他们强壮到令人难以置信的手臂把你压碎。

那倒是件新鲜事。

也许他们的体味很糟糕。

那也算新鲜事，我已经受够了你们这些体味香甜的人了。

那是什么音乐?

那是“金刚砂华尔兹”。

我一直都很喜欢华尔兹。我还记得——

看啊她不害怕那群猿猴她还请其中一只一起跳舞。

作为一只猿猴，他跳得不错。

最开始是谁想出举办舞会这个点子的?

是跳舞委员会。

好吧我猜这打破了千篇一律的单调。

是的我想从某种意义上而言，确实做到了这一点。

我猜一些是公猿猴还有一些是母猿猴也许体形小一些的是母猿猴。

是的她们要比公猿猴更优雅一点点。

我要和其中的一只猿猴跳舞。

留下我独自一人在舞池中央？

这是件新鲜事。

是的这会是件新鲜事，但我觉得这样做有点侮辱人了，你和一个人跳舞，跳着跳着突然把那个人独自丢在舞池中央，然后你转过头去找一只猿猴一起跳舞。

你可以和我跳下一支舞。我会把你的名字写在我的跳舞排序卡上。

某人和猿猴跳过舞之后，我就不是特别想再和那个人一起跳舞了。

你到底会不会讲话？

（沉默。）

什么都不说吗？

（沉默。）

这倒是件新鲜事。

（沉默。）

你们这群猿猴是不是住在这附近浓密的低矮灌木丛里，在树丛间来回穿梭，寻找水果和蔬菜？

（沉默。）

行吧你确实是个熟练的舞者只是你会不会将我搂得太紧了？

（沉默。）

谢谢你这样好多了我猜没必要询问你的名字我是否可以喊你赫克托？

（沉默。）

在那些雌性猿猴里有没有你的妻子或者女朋友，我的意思是，我猜你们到了夜晚或者节庆日特殊场合一定会经常在一起跳舞吧赫克托这件事可能会有些连锁反应男人们不喜欢我们一起跳舞我能看得出来你想来一盘烤鸡或者其他什么吃的吗哦我忘了你不吃肉的也许我这样怂恿你是错的但有些小蛋糕还有喝的我觉得是一种叫作“酷爱”的速溶饮料或者类似的廉价饮料现在这些东西的名字换得太快了我也不确定它现在是否还叫“酷爱”也许就只是普通的葡萄果汁多加了一点让它更有活力的料哎哟！没关系是我的错你在哪里念的书抱歉这个问题太蠢了主要是一旦跳起舞来你总觉得自己应该找点话聊而当对方什么也不说的时候难度就更大了。

（沉默。）

好吧我当然很享受和你一起跳的这支舞这是件新鲜事我能

否把你介绍给我们这群人当中的另一个人呢她也是个跳舞高手热情洋溢性格也很好你会觉得诧异居然有人觉得她比我还要漂亮不过在这种事上我没法评价我能不能哈哈你就过来一下吧我把你介绍给她哦我的天啊她已经在跳下一支舞了好吧你是否愿意坐一会儿你抓得好紧，轻一点，轻一点，这样好多了你确实懂得不少啊可不是吗懂得相当多考虑周到你不介意的话我先失陪一下我必须去一下女士洗手间我的意思是我必须离开你一会儿赫克托现在放开我的手我会回来的到时候我们再继续聊我向你保证赫克托立马放手别当一个——

这是爱玛。

爱玛，这是赫克托。

赫克托，这是爱玛。

我可以很确定地告诉你他喜欢跳舞还有不要害怕他实际上非常温柔而且是新来的，我能向你保证这会是一种全新的体验。

托马斯靠过去请朱莉一起跳舞。

朱莉说她很乐意与托马斯一起跳舞。

我看到你刚才和那只猿猴跳舞。

是的我刚才是在和那只猿猴跳舞他名叫赫克托我的意思是我知道他并不叫这个名字我只是用这个名字称呼他。

你刚刚是想和他上床吗?

压根儿没想过我只是想试一试，仅此而已。

你确定自己没幻想过和他上床吗？我看到你刚才跳舞的时候和他贴得挺近的。

怎么说呢那是因为他搂我搂得太紧了我不觉得其中有什么性欲的成分我只是觉得他喜欢把一切都抓得很紧我的意思是说我觉得那就是他抓握东西的一贯方式。紧紧抓住。

怎么说呢看你和他一起跳舞同他讲话你所做的一切都让我觉得滑稽你自己看起来倒是相当乐在其中。

好吧他让人心情愉快也很体贴相信我我做的都是本分的事我只负责让对话继续下去你没什么好嫉妒的什么事都没有我很惊讶你居然会嫉妒一只猿猴那是什么音乐？

是“强制登记华尔兹”，他绝对很清楚该怎么演奏班卓琴。

是啊我都不知道他还会弹班卓琴当然我知道他弹吉他，但我不知道他弹班卓琴。

我甚至不知道我们还有一把班卓琴但是萨姆一路都背着它还有一个袖珍短号你真应该看看它只有八到九英寸长但他能用它吹出很大的声音他告诉我这些都是在华沙制造的真是不可思议在我们身边居然能发现这么多有音乐天赋的人几乎每个人都会演奏点什么。

是的我知道亡父会演奏九种乐器他有一次跟我讲过八种还是九种记不清了但他绝对可以让班卓琴大放异彩我觉得这是个好主意你不觉得吗每个人看起来都乐在其中这是谁想出来的点子？

埃德蒙。还有爱玛。

他们现在演奏的是什么曲子?

我觉得应该是“插入华尔兹”。

猿猴们过来了，我觉得他们相互撞在一起了不过我并不在乎，这会给你一种新鲜感能遇见新人总归是件好事能知道别人都是什么样子的也能收获看待事物的新角度我只希望他们能开口说话我差点犯下大错我请赫克托吃鸡肉沙拉刺激他们也许不是什么好事。

亡父看起来相当开心不是吗态度几乎可以称得上是和蔼可亲了让人差不多要忘掉他的木头凿子和其他武器看他坐在那里用机械腿合着拍子还做着那件事怎么说的来着我想应该是叫抓奏[1]我在想他是从哪里学到这一套的那个老浑蛋知道各式各样的事你得承认他的这些长处我想这样的结果源于他多年以来的……

哎哟!我很抱歉可能是我的错你想喝点什么吗我渴了你看那边!那只猿猴刚刚把埃德蒙撞倒了，现在他又把他扶起来了，现在他又把他撞倒了，哦天啊我们可不想这里发生一场混战你最好把他们劝开也许我们可以组织像《湖底女人》[2]中的场面你试着让这群猿猴排成一队我让我们的人排成一队让我看看二十三个人减去三个正在演奏的再加上五只猿猴一边大概可以

① 班卓琴的一种演奏方式。

② 美国作家雷蒙德·钱德勒的长篇小说，曾被改编成电影。

有十二个队员。

我们需要一个裁判，托马斯说，我来做这件事，这样两边各十二个就可以了。

队伍已经排好，三重奏小分队开始演奏“钛合金波尔卡”。

尊重你们的舞伴，托马斯说，大家都聚过来，伟大的时刻就要到来，让我们一起尽情舞蹈。

爱玛和赫克托沿着队列背对背变换着舞步。

这是我参加过的最棒的一场舞会！爱玛大叫道。

17

人类文明，或者说人类聚集地的某个前哨。一排排整整齐齐背靠着背背靠着背的房屋。孩子们在屋顶上玩耍。

街道在哪里？亡父问。

看起来没有街道，朱莉说。

也许地下有隧道？

或者人们挤在房子间的缝隙中，让自己变得狭小无比，路过的时候还不忘向窗户内窥探。

是计划时代，托马斯说，一座新的城镇。必须抵达边缘，才能够被汽车撞死。

通行在我们这里算不上大事，一个旁观者说。为什么那个男人，你们当中的一个，长相出众的那位，要被拖拽着前行？他犯下了什么罪行？为什么那十九个人要喘着粗气，大汗淋漓地拖着缆绳？为什么你们三个人没有喘着粗气，大汗淋漓地拖着缆绳？我不明白你们的组织架构。

他是一位父亲，托马斯说。

这消息真糟糕，那个男人说，你们不能带他到这里来。

他很疲惫。我们很疲惫。我们可以付钱。

那你们得切掉他的睾丸，在地毯上把你们的脚蹭干净，那个男人说。男人的脸上一些奇怪的部位长着胡茬，比如说嘴唇上，还有额头中央。你们需要一把阉割专用刀吗？还是剪刀？剃须刀？裁纸刀？玻璃碎片？开信刀？指甲刀？

从某种意义上来说，他是一件圣物，托马斯说。你别再讲幼稚的胡话了。你们这儿哪里有廉价旅店？

一共有两家旅店，这位市民说。一家好的和一家糟糕的。糟糕的旅店里有最棒的姑娘。好的旅店里有最棒的法式肝酱。糟糕的旅店里有最棒的床铺。好的旅店里有最棒的酒窖。糟糕的旅店里有最棒的杂志。好的旅店有最高的安全保障。糟糕的旅店里有最棒的乐队。好的旅店里有最棒的鳊鱼。糟糕的旅店里有最棒的马提尼酒。好的旅店里有最棒的信用卡。糟糕的旅店里有最棒的银质餐具。好的旅店里能看到最好的风景。糟糕的旅店有最棒的客房服务。好的旅店有最棒的声誉。糟糕的旅店有最好看的外墙。好的旅店有最棒的吊灯。糟糕的旅店有最棒的地毯。好的旅店有最棒的洗手间。糟糕的旅店有最棒的吧台。好的旅店有最棒的邓白氏咨询机构[①]。糟糕的旅店里有最棒

① 美国著名商业信息服务机构。

的肖像画。好的旅店里有最棒的行李员。糟糕的旅店里有最棒的盆栽植物。好的旅店里有最棒的烟灰缸。糟糕的旅店里有最棒的蜗牛。好的旅店里有最棒的明信片。糟糕的旅店里有最棒的早餐。好的旅店里——

在好的旅店和糟糕的旅店之间，朱莉说，似乎没什么可选的。

还有一些私营旅店，但都不够大，也没有哪家店主蠢到想要招待你们这么一群人，那个男人说。那边那玩意儿，哪怕只让孩子们瞥上一眼，都会吓掉他们的假发套。

他在说你，爱玛对亡父说。

亡父绽开笑容。

他说你会吓到孩子。

亡父的幸福。

他，那个市民说，不把他修理一下就不能让他进城。我可以借给你们一台电动手锯。

我更希望别这么做，亡父说。

他希望不要这么做，托马斯告诉那个市民。

那可真是该死了，市民说，谁又想这么做呢？但是规定就是规定。

埃德蒙，托马斯喊他。

埃德蒙走过来。

你愿不愿意帮这个好社区的市民买点喝的？托马斯问。你可以记在我的账上。

埃德蒙从头到脚发出一阵幸福的震颤（肉眼可见）。

埃德蒙和市民手挽着手一起走向酒馆。

现在，托马斯说，让我们来看看住宿环境。

看过那家好的旅店之后，他们选择了糟糕的那家。

朱莉和托马斯在他们的房间里，坐在床上。墙上挂着画，《西吉斯莫之死》。

太不可思议了，他居然如此在意他的睾丸，朱莉说，这件事很有意思，我不能理解。

我能理解，托马斯说。

他根本就不懂得收手，她说，你觉得他多大了？

他自称一百零九岁，托马斯说，但他也许多说了几岁。他也许少说了几岁。我也不知道。

我觉得我们的人里面，有三个是克隆人。

哪三个？

那三个长着红头发的瘸子。

托马斯躺倒在床上。

真是个让人恶心的想法，他说。

你把他的腿砍断，怎么又还给他了？

纯粹是务实的原因。他有那条腿还能凑合走走。我们眼里要有最终目标。

我们确实如此，她说，我们确实如此。

有人敲了敲房间门。

谁在里面？一个声音在门外响起。

我们需要回答吗？朱莉问。

谁在里面？那个声音又喊了一次。

是谁在打听？朱莉大喊。

屋外一片寂静。

彼得，那个声音终于再度开口。

我们认识叫彼得的人吗？

我不认识叫彼得的人。

你想要什么，彼得？她喊道。

我得给植物浇水，彼得喊道。

托马斯看了看四周。梳妆台上有一盆仙人掌。

有人会给仙人掌浇水吗？朱莉问。

让他进来吧，托马斯说。

朱莉打开门。

有些人明白自己在做些什么，彼得说，有些人就怎么也不明白。

他开始在仙人掌周围缠绕打湿的粗棉布。

好吧那边那个又高又瘦的家伙，朱莉说，你为什么要到这里来？

我听说来了些陌生人。我们这里很少有外地人来。我想把它交给你们。

想把什么交给我们？

他好像是个哪里有问题的笨蛋，托马斯低声说。

那本书，彼得说。

关于什么的书？

彼得将一卷磨损得破破烂烂快要散架的书紧紧抓在胸口，书上掉下来大片大片乱七八糟的碎屑。

这是一本说明书，他说。也许能对你们起到一点微小的作用。但另一方面来说，也许没什么用。

你是作者吗？朱莉问。

哦不是的，彼得说。我是译者。

它是从哪种语言翻译过来的？

是从英语翻译过来的，他说，翻译成英语。

你一定学过英语。

是的，我确实学过英语。

这本书长吗？托马斯一边问，一边看着那本薄薄的册子。

它不长，彼得说，但与此同时，又太长了。

然后，狂怒：

你知道翻译才拿多少酬劳吗？

不是我的错，朱莉说，和世界上大多数事情一样，不是我的错。

几个便士！彼得义愤填膺地说。

你是要将这本书卖给我们吗？

不，彼得矜持地说，我要把它当作一份礼物送给你们。这本书不值得售卖。

他把缠在仙人掌周围的粗棉布解开。

一共四十版，他说，最早是印在黑麦面包片上的。这是第二版。

我们一定也要给你些什么，托马斯说，能给些什么呢？

你们是外地人，彼得说。有你们的认可就足够了。

你说得对，朱莉说。她亲了亲彼得的额头。

我得到了公正的待遇，彼得说，暂时如此。我可以继续挣扎，暂时如此。我被具象化了，暂时如此。

彼得退场。

他要的并不多，托马斯说。

他也没什么太好的谈判优势，朱莉说。他只是个译者。

他们趴在床上，看着这本书。

书名是《给儿子们的指导手册》。

没有提到谁是作者。

“由彼得·斯卡特啪嗒自英语翻译而成。”扉页上写着这句话。

他们开始读这本书。

给儿子们的指导手册

由彼得·斯卡特啪嗒自英语翻译而成

(1) 发疯的父亲们

(2) 作为老师的父亲们

(3) 在马背上，以及其他

(4) 跳跃而行的父亲

(5) 最佳的靠近方式

(6) Ys

(7) 关于名字

(8) 关于声音

(9) 声音样本，A

B

C

(10) 长满毒牙，以及其他

(11) 希拉姆或者扫罗[1]

---

① 希拉姆为古代腓尼基推罗王的名字；扫罗为以色列联合王国的第一代国王。

（12）父亲们的颜色

（13）哄抱幼儿

（14）一顿谴责

（15）坠落的父亲

（16）迷失的父亲们

（17）拯救父亲们

（18）生殖器官

（19）关于名字

（20）亚摩斯

（21）“责任”

（22）关于死亡

（23）弑父是个糟糕的点子，以及总结陈词发疯的父亲们在林荫大道上昂首阔步地走来走去，大声叫喊。无论是避开他们，还是拥抱他们，或者告诉他们你内心最深处的想法，这些都没有区别，他们都是聋子。如果他们的衣服上缝满了锡皮罐头，他们的唾沫就好像一连串煮熟的红色小龙虾，从头到尾串在他们的锡皮罐头的正面，那就说明左脑出现了严重的损伤。如果，从另一方面来说，他们只是单纯地狂吠（没有锡皮罐头，唾沫很安全地藏在脸蛋里），那只能说他们被与他人共同生活时遇到的复杂困境分散了注意力。走到他们身边，把你的左手放在他们的木质打击乐的绞合处，让他们停下来，说你很抱歉。如果他们停止狂吠，那也不代表他们真的听见了你说的话，只能说明他们突然陷入色情狂想，脑海中充满令人憎恶的欲望。允许他们在片刻之内尽情享受那样的画面，然后用你晒得黝黑的右手侧面重重打在他们的后颈上。再次告诉他们你很抱歉。这句话传不到他们的耳朵里（因为他们的大脑一片糨糊），但是在说这几个词的时候，你的身体会表达一种态度，在全世界的每个国家，这种态度都代表一种悲伤的情绪——他们倒是能理解这种语言。温柔地喂给他们你口袋里剩下的一点肉块。首先把肉块放在他们眼前，这样他们就能看到这是什么东西；然后指一指他们的嘴巴，这样他们就能明白这些肉是给他们的。大部分情况下，到了这个时候，他们都会张开嘴巴。如果他们没有张嘴，就趁他们乱叫的间隙将肉扔进他们的嘴巴里。如果肉块没有直接掉进嘴里而是粘在了（比如说）上嘴唇上，再次用力击打他们的脖子，这样一来嘴巴通常都会受刺激而张开，粘在上嘴唇上的肉块就会掉进嘴巴里。也许一切都不会按照我描述的那样发生，在这种情况下，面对一个发疯的父亲，你能做的也不多，只能倾听一会儿他含糊的胡话。如果他大喊“用力踩它，买家！”你也必须尝试着破解话语中的暗号。如果他大喊“这个魔鬼杀死了你的马！”记得在本子上记录好他在长篇大论中使用“这个”和“你的”的频率。如果他大喊“猫咪在长袍里，飞来飞去——再来吧，踩它！”你要记得他之前已经跟你说过一次要“踩它”了，所以这肯定是指你正在做的某件事。所以踩它就行了。

* * *

父亲是教授真相和虚假的老师，但没有哪个父亲会故意教授关于虚假的事。在一片未知的浓云中，就这样，父亲依据自己的指示前进。在火烤僵硬的肉之前应该先将它夹在两片石板之间，用锤子重重敲打，之后再用发梳梳理，用发刷刷洗，最后才能放到火上烤。为实现这个目标，铁肺和回旋加速器也是很有用的。等到夜幕降临，牛群口干舌燥，围在一口看起来很可疑的水井旁，首先用来复枪管让水井变得更深一点，然后用宰猪的尖刀，然后用铅笔，然后用枪的推弹杆，然后用碎冰锥，最后用针线“把整个水井拉出来”。别忘了马上清理你的来复枪管。要想找到蜂蜜，把一根羽毛或者稻草系在蜜蜂的一条腿上，然后把他抛在空中，当他一路慢慢飞回蜂巢时，密切留心他的行踪。钉子，煮三个小时之后，会变成一种铁锈色的液体，再混上牛尾汤，干了以后会变成火焰的颜色，对于抵御肺结核或者吸引本地的女人非常有效。别忘了马上拥抱本地女人。为了防止脚上起水泡，在袜子的内侧涂抹生鸡蛋和钢丝球混合出的泡沫，这两样加在一起能够非常有效地软化脚部皮肤。精密仪器（比如测绘仪器）应该委托给衰老无力的门房保管，他的脚步一定会异常小心谨慎。保证驴子不在晚上嘶叫的一个方法就是把一个体重很沉的小孩绑在他的尾巴上，因为看起来，当驴子想要嘶叫的时候，他通常都会扬起他的尾巴，如果尾巴抬不起来，他就没有那个心思了。野人很容易因为以下几种颜色的廉价珠子心满意足：暗白色、深蓝色和朱红色——他们反倒会唾弃那些昂贵的珠子。不是野人的人应该拿到以下颜色的廉价书籍：死白、棕色、海草色——赞美大海的书通常备受欢迎。要想实施魔鬼行动，首先要在国家图书馆好好查阅一番。等撒旦终于出现在你面前，不要表现出惊慌的样子。然后开始又稳又狠地讨价还价。如果他既不喜欢珠子也不喜欢书籍，向他提供一罐冷啤酒。然后——

父亲会教授许多有价值的东西。也有很多无价值的东西。

* * *

有些国家的父亲像棉花包；有些国家的像黏土盆或者黏土罐；有些国家的像报纸上写的电影长评，是那种你已经看过并且非常喜欢，却不想再看一遍的电影。有些父亲长着三角形的眼睛。有些父亲，如果你们问他们现在几点了，他们嘴巴里会吐出银币。有些父亲住在高山上又旧又脏的小木屋里，每当他们异常灵敏的双耳探测到谷底传出陌生的脚步，他们都会从喉咙深处发出能杀死人的吼叫声。有些父亲尿出来的都是香水或者医用酒精，这些都是强大的身体机能从他们整日狂饮的烈酒中提取出来的。有些父亲只有一只胳膊。还有些父亲除了两只正常的胳膊外，又多长了一只胳膊，通常藏在他们的大衣下。那只胳膊的手指头上戴着做工精巧的金戒指，当按动某根秘密弹簧时，它就会四处施舍。有些父亲把自己变成足以以假乱真的漂亮海洋生物，有些父亲把自己变成那些自己从小就憎恨之人的完美复制品。有些父亲是山羊，有些父亲是牛奶，有些在修道院教授西班牙语，有些属于例外。有些具备攻克全球经济难题并一举将其击杀的能力，但是他们还没有这么做，他们还在等最后一个关键的数据。有些父亲趾高气扬，但大部分父亲不会这样，除非内心有这种想法。有些父亲喜欢在马背上摆出一些姿势，但大部分父亲不会这样，除了十八世纪的那些。有些父亲骑上马背之后会摔下来，但大部分父亲不会这样。有些父亲从马背上摔下来之后会开枪打死马，但大部分父亲不会这样。有些父亲害怕马，但他们最害怕的还是女人。有些父亲因为害怕女人而选择自慰。有些父亲和花钱雇来的女人睡觉，因为他们害怕自由的女人。有些父亲从来不睡觉，他们永无止境地醒着，目不转睛看着身后属于他们的未来。

* * *

跳跃而行的父亲不常出现，但确实存在。两个跳跃的父亲同时待在同一个房间可能引发事故。最好的办法就是用锁链将重型卡车的轮胎绑在他们的身体上，一个绑在身前，一个绑在身后，如此一来他们就只能进行短距离的小跳了。不管怎样，他们的一生也就这样了，这还不错，他们能从镜子里看到整个人生经历在眼前重现，这个过程持续大约五分钟，由一系列向上的动作组成，但实际上既没有走多远，也没有真的做出成就。如果没有这些轮胎，跳跃而行的父亲具备的那种讨人厌的品质很快就会转变成一种严重的威胁。野心是这个问题的核心（甚至有可能是为你产生的野心，在这种情况下你会陷入比预想还要糟糕的危险境地），而这个核心祸患可以通过肝脏手术进行移除（毕竟我们都知道，肝脏是体液[①]的贮藏室）。我在公园里见到一位跳跃的父亲，他离地两英尺，手里拿着一个直径一英尺、棕色的皮制物体，他正极力把它从身边甩开——我判断那应该代表着某种罪孽。他正瞄准一个撑着一圈钢环的网兜，想把它扔过去，但是那个网兜没有底，所以就算跳跃的父亲千方百计把罪孽送进网里，那张网也不可能兜得住他的罪孽。他这项徒劳无益的事业令我感到悲哀，但出现这种情绪倒也合理。所有跳跃的父亲都有可悲之处，跳跃这件事本身就很可悲。我更喜欢双脚踏踏实实地踩在地上——如果挖地道的父亲还没有将我脚下的这块土地挖穿的话。挖地道的父亲通常长着黑白斑纹，因为毫不凶残而引人注目。

* * *

接近一位父亲最好的方式是从身后靠近。这样的话，即便他选择用标枪瞄准你进行投掷，大概也无法投中。因为他需要

① 古希腊医学观点认为人体有四种液体，包括血液、黏液、黄胆汁和黑胆汁。其中黄胆汁在肝脏中。这种观点被现代心理学用来划分人的气质类型。

把身体扭过来，把之前甩出去的胳膊收回来，再重新用标杆瞄准你，这段时间你完全可以逃跑，甚至有足够的时间预约一趟航班去其他国家。去鲁克米尼，那里没有父亲。在那个国家，保留了处女之身的玉米之神挤在一块由红宝石碎片和尚未凝固的水泥铺成的毯子下，一起度过鲁克米尼漫长潮湿的冬天，通过某种我们未知的方式孕育后代。这些新出生的子民由低矮的棕榈树丛和标注其存在价值的身份证明迎接，他们被领到（或者是坐在没有人拉也能自行滑动的雪橇上）这个国家的中央广场，也就是索卡洛广场，他们再明显不过[1]的出身也要被登记在一个巨大的银碗中，接着，他们的指纹被剥去，这样什么证据也无法留下。看啊！在餐厅的胡桃木镶板上，一支标枪！镶板上已经出现了数百处破损。

* * *

我认识一个名字叫 Ys 的父亲，他有许许多多的孩子，他把每一个孩子都卖到了骨头工厂。骨头工厂绝不接受愤怒或者愁眉不展的孩子，所以 Ys 在孩子们面前总是摆出一副你能想象到的最和蔼可亲的父亲模样。他给他们喂大量补钙糖果和水貂奶，给他们讲有趣好玩的故事，每天带他们进行增强骨质的

① 原文为德语。

锻炼。“高个子的儿子，”他说，“是最棒的。”每年一次，骨头工厂的人会派一辆蓝色小货车到 Ys 的家拉人。

＊＊＊

父亲们的名字。父亲们的名字如下：

阿尔比埃尔

阿里尔

阿伦

阿巴

阿巴巴罗伊

阿巴顿

阿班

阿巴图尔

阿伯特

阿卜迪亚

阿贝尔

阿比欧

阿克萨

阿当

阿迪奥

阿迪特亚斯

阿德莱

阿德耐

阿德奥尔

阿多西亚

阿伊翁

阿依希玛

阿福

阿福基尔

阿格阿松

阿格文德

阿尔伯特

* * *

父亲也会发出声音，每一种声音都有自己独特的可怕之处[①]。一位父亲也可以发出不同的声响：仿佛胶卷燃烧的声音，仿佛从采石场表面剥离大理石的尖锐声音，仿佛晚上回形针碰撞的声音，石灰窑里沸腾石灰的声音，或者蝙蝠的歌声。一位父亲发出的声音可以震碎你家的玻璃。有些父亲拥有暴怒的声音，其他父亲的声音里有深藏在脑中的暴怒。大家都可以理

① 原文为意大利语。

解，当父亲没有披上父亲这种角色的外衣时，他可能是农夫、英雄男高音、锡匠、赛车手、拳击手或者推销员。大部分都是推销员。许多父亲并不是特别希望成为父亲，只是这件事刚好落在他们头上，意外地抓住了他们，可能是因为其他人的精心设计，也可能是因为某个人笨手笨脚犯了简单的错误。尽管如此，这类父亲——无意中成为父亲的父亲——往往是所有父亲中最为机智、灵巧和漂亮的。如果一位父亲已经当了十二回或者二十七回父亲，那么最好带着好奇审视他——很显然这位父亲对自己还不够厌恶。这种父亲总是在狂风暴雨的夜里戴着一顶蓝色羊毛水手帽，提醒自己回忆充满男子气概的过去——在北大西洋执行的任务。许多父亲从各方面而言都无可指摘，这些父亲要么是神圣的遗迹，供人们触摸，以治愈不治之症；要么是供一代又一代人研究的文本，以此决定如何将他的这种气质最大化。文本类的父亲总是用蓝色装帧。

父亲的声音是一种可怕又顽固的乐器。

* * *

声音样本 A：

儿子，我有些坏消息要告诉你。你不会理解这其中包含的所有意义，因为你只有六岁，脑袋也有点笨笨的，你的囟门一直没能长好，我想知道为什么。但是我没办法再拖了，儿子。我必须告诉你这个消息。我的话不含任何恶意，儿子，我希望你能相信我。这件事是，你得去学校上学，儿子，去接受社会化的教育。就是这个消息。你的脸色变白了，儿子，我不怪你。这件事很可怕，但就是这么回事。我们也可以在家里对你进行社会化的教育，我和你母亲，但是我们无法面对这样的场面，这样的事太可怕了。我和你母亲，我们爱你，从前爱你，以后也会一直爱你，但是我们有些敏感，儿子。我们不想听到你的号叫和惊呼。这件事会让你很痛苦，儿子，但是你几乎不会有什么感觉。我知道你会表现得很出色，也不会做出任何让我们难过的事，我和你母亲都很爱你。我知道你会表现得很出色，不会逃跑，也不会倒地抽搐。儿子，你这张小脸真让人心疼。儿子，我们不可能让你像某种疯狂的野兽一样在大街上游荡。儿子，你必须抑制住天性中的冲动。你必须磨去你的棱角，儿子，你得变得现实一点。在那所学校，他们会对你进行修整，孩子。他们会撕裂你的屁股。你们会教你如何思考，你会在那里认识所有的字母，你学会认字、数字、动词和所有的一切。我和你母亲可以在家里对你进行社会化的教育，但是这对深爱着你的我和你母亲而言过于痛苦。你会遇见那根手杖，儿子，那根手杖会走到你面前，问你过得怎么样。在那所学校里，你会了解你所在的国家，儿子，哦广阔的天空是多么美丽。在那所学校里，他们会给你灌输一大堆东西，我提醒你不要抗拒，抗拒是不被认可的。当它来的时候就接受它，这样你就没问题，儿子，这样就很好。你得做对一切事，儿子，你得变得现实一点。在那所学校里，还会有其他的孩子，孩子，他们每个人都会追在你身后索要你的午饭钱。但是不要把你的午饭钱给他们，儿子，把钱藏在你的鞋子里。如果他们想对你下手，就告诉他们别的孩子已经把钱抢走了。这样的话你就可以骗过他们，明白了吗，儿子？你到底出了什么问题？还要小心那个管理员，儿子，他很刻薄。他不喜欢他的工作。他原本想当银行总裁。但他不是总裁。所以他变得刻薄。要格外小心他挂在屁股上的那根棍子。小心那个老师，儿子，她很酸腐。要小心她的舌头，可能会割伤你。她的嘴巴很毒，儿子，如果可以的话尽量不要反抗她。我对学校没什么意见，孩子，学校也只是在履行自己的职责。嘿，孩子，你到底怎么了孩子？如果这所学校不能完成这项工作，我们就换一所可以做成这件事的学校。我们就在你的身后，儿子，我和你母亲，我们都很爱你。你在那儿也能进行体育活动，你可以继续你的球类运动和血腥运动，要小心那个教练，他是个失意的人，有人说他是个施虐狂，但我不知道他是否真的如此。你得好好锻炼你的身体，儿子。如果有人用力推你，你就推回去。不要占任何人的便宜。不要表现出恐惧。向后靠一靠，观察你旁边的家伙，他怎么做你就怎么做。除非他是个该死的傻瓜。如果他是个该死的傻瓜，你一定会发现他是个傻瓜，因为其他人都会打他。让我给你讲讲那所学校的事，儿子。他们做每一件事都是因为我告诉他们要那么做。这就是他们那么做事的原因。他们的脑子想不出那些点子。是我告诉他们要那么做。我和你母亲都很爱你，我们告诉他们要那么做。做你自己，孩子！做正确的事！你在那儿会过得很好的，孩子，会很好的。你到底是出了什么问题，孩子？不要摆出那个样子。我听见外面有冰激凌小贩的声音了，儿子。你想出去看看冰激凌小贩吗？去给自己买一个冰激凌吧，儿子，确保他在你的冰激凌上撒满糖霜。把你的二十五美分给冰激凌小贩吧，儿子。然后赶快回来。

* * *

声音样本 B：

嗨，儿子。嗨，小男孩。你和我，我们一起出去玩抛球吧。来回抛球。你不想出去玩抛球？为什么你不想到外面去玩抛球呢？我知道为什么你不想到外面去玩抛球了。那是因为你……我们还是不要讨论这件事了。这件事经不起仔细推敲。好吧，我们看看，你不想到外面去抛球。你可以帮我完成院子里的工作。你想帮我做一些院子里的工作吗？你当然想了。你当然想了。等我们大功告成，就能拥有一个非常好看的院子，小男孩。街对面的那些家伙，等他们看到我们的成品，一定会惊呆的。来吧，孩子，我会让你扶着水平杆。这一次，我希望你把这该死的玩意儿扶正了。我希望你能让它保持水平。这没那么难，白痴都能做到。黑鬼也能做到。我们把这玩意儿直接捅到对面那些母亲的面前，谁让她们自我感觉那么良好。在狂怒即将降临时逃跑吧，小男孩，我常说这句话。有一次还在一个标识上看到过这句话，**在狂怒即将降临时逃跑吧**。一个疯子拿着这块标牌沿着街道行走，看到了吗，**在狂怒即将降临时逃跑吧**，这句话让我心痒难耐。连续好几天，我都会大声对自己喊出这句话，**在狂怒即将降临时逃跑吧**，在狂怒即将降临时逃跑吧。我完全无法把这句话从我脑子里面抹掉。看到了吗，他们在讨论上帝，这就是这一切的真正意图，上帝，看到了吗，小男孩，是上帝。他们试图将整套关于上帝的狗屎理论塞给你，看到了吗，他们有一套完整的流程，看到了吗，我们还是不要讨论这件事了，我都快被气死了。让我急得如同火烧屁股一般。你母亲完全信了那套鬼话，看到了吧，当然了，你母亲是个很好的女人也是个很理智的女人，但她在关于教会的问题上思想非常原始，我们还是不讨论这个了。她有她的一套，我有我的一套，我们不讨论这些。在这个问题上，她的思想有一点原始，我不怪她，这跟她成长的环境有关。她母亲在这个问题上思想也很原始。这就是教会赚钱的方式，看到了吗，他们搞定了这些女人。所有这些头脑愚蠢的女人。把它扶正了孩子。这样好多了。现在，用铅笔在那张表格上帮我画一条直线。我给你铅笔。你想用这支铅笔干什么狗屁事？老天啊孩子找支铅笔来。好吧，去房子里再给我拿一支铅笔来。快点，我可不能一整天拿着这个傻站在这儿。等一下，铅笔在这儿呢。好了我找到了。现在把杆子抓紧，在那张表格上给我画一条直线。不是那样傻瓜，要画一条水平线。你以为我们是在建造谷仓吗？这就对了。很好。现在画线。很好。现在到那边去，把那把直角尺拿过来。直角尺是扁的那个，看起来像个“L”。像这样，看啊。很好。谢谢你。好的现在把那玩意儿拿起来，紧贴着你刚才画的那条线。这样我们就能在这一侧得到一个方形，看到了吗？好的现在把板子拿起来，让我把棍子插进去。**拿稳了，真该死**。你把那玩意儿晃来晃去，你觉得我怎么才能把棍子插进去？把它拿稳了。再用直角尺检查一下。好了，是方形吗？现在把它拿稳了。拿稳了。好的。这样就行了。你为什么抖个不停？这件事又没什么，你只需要把一块小小的一乘六的小板子拿在手里，保持两分钟的静止状态，结果你就发抖了？现在快停下来。停下。我说了让你停下。现在放轻松就好。你得帮我收拾这个院子，不是吗。你只要想想一切工作完成后，我们就可以坐在外面，喝着我们的饮料，让街对面的那些浑蛋家伙干瞪眼。嫉妒得红了眼。在狂怒即将降临时逃跑吧，小男孩，在狂怒即将降临时逃跑吧。呵呵。

＊＊＊

声音样本C：

嘿儿子到这儿来待一会儿。我想让你和我谈一谈。你的脸色变白了。为什么每次我们稍微谈一谈的时候你的脸色总会变得苍白？你很娇弱吗？可怜娇弱的一朵小花？不你才不是这样的呢，你是个男人，儿子，或者在某个老天开眼的日子里，你会变成一个男人。但是你得做正确的事。这就是我想跟你谈的。现在把那本漫画书放下，到这边来，坐在我身边。就坐在这儿，你可以摆个舒服的姿势。现在，你坐得舒服吗？很好。儿子，我想跟你谈谈你的个人习惯。你的个人习惯。我们之前从来没有探讨过你的个人习惯，现在是时候聊聊了。我一直在观察你，孩子。你的个人习惯令人钦佩。是的，它们的确如此。它们令人钦佩。我喜欢你整理房间的方法。你一直注意保持房间清洁，儿子，这一点我得承认。我也很喜欢你清洁牙齿的方法。你刷牙的姿势正确，顺着正确的方向，而且你也会刷很多次。你的牙龈一定不错，孩子，又好又健康的牙龈。我和你母亲，我们不需要专门准备一笔钱带你去补牙，这是老天对我们的眷顾，我们也因此感谢你。而且你很注意保持自己的个人卫生，孩子，你的衣服整洁，双手干净，面庞干净，膝盖也很干净，这是正确的行为，行为。只是有一件小事，儿子，一件小事令我困惑不解。我一直在研究这件事，但我一点都搞不明白。为什么你总要花这么久的时间洗手，孩子？我一直在观察你。吃完早饭后，你会用一个小时的时间洗手。然后，到了大约十点半或者十点四十的时候，你又要去洗手，又要花十五分钟的时间。然后，大约午饭前半小时，你又去洗手。接着，吃完午饭，有的时候过一个小时，有的时候还没到一个小时，时间有变，总之你又要去洗手。我一直留意这件事。然后，在下午的某个时间，你又突然跑回来洗手。接着，晚饭前、晚饭后以及睡觉前你都要洗手，有时候，你甚至会半夜起床跑到洗手间里洗手。我以为你一直在里面玩弄你的小家伙，你的小家伙，但以你现在的年纪，要想玩弄你的小家伙还有点太小了，况且你总是开着门，大部分孩子躲进洗手间玩弄他们的小家伙的时候总是会关上门，但是你会一直开着门。所以我看到你走进洗手间，我看到你在里面干什么，你在里面洗手。我一直在留意这件事，儿子，在你醒着的时候，有四分之三的时间你都花在洗手这件事上了。我觉得这有点奇怪，儿子。这样很不自然。所以，我想知道为什么你会花这么多时间洗你那双手，儿子？你能告诉我吗？嗯？你能给我一个合理的解释吗？行吗，你能吗？嗯？在这件事上你有什么要说的吗？好吧，怎么了？你怎么只会呆坐着。来啊，来吧，儿子，你不为你自己说点什么吗？你要怎么解释？好了，哭对你来说也没什么好处，儿子，这样做没有用。好了孩子，别哭了。我说别哭了！如果你继续哭，孩子，我就要狠狠打你了。现在，收起你这一套。立刻马上。现在收起这一套。该死的小孩。好了，孩子，控制一下你自己。现在去洗把脸，然后再回来。我想和你多聊一会儿。洗洗脸就行了，别洗别的部位。现在去洗手间吧，然后立马回来。我想跟你聊聊撞脑袋的事。你现在还是在撞你的脑袋，儿子，在睡觉前，往墙上撞。我不喜欢你这样做。你已经长大了，不能这么做了。这样会让我困扰。当你准备上床睡觉的时候，我能听见你的声音，咣咣咣咣咣咣咣咣咣。烦人。单调。那是种令人烦躁的声音。我不喜欢。我不想听见那种声音。我想让你停下来。我想让你控制住你自己。我不想听见那种声音，当我坐在这儿，想读报纸或者做别的事情，我不想听见那种声音，它也让你母亲感到困扰。它会让她非常难过，我不希望你母亲仅仅因为你就陷入悲伤之中。咣咣咣咣咣咣咣咣，你是什么呀，孩子，某种动物吗？我看不透你，孩子，我完全没有办法理解，咣咣咣咣咣咣咣咣咣。你不疼吗？你的头不疼吗？好吧，现在不是在意那些的时候。快点进去，洗洗脸，然后赶紧回来，我们再聊一会儿。绝对不要做其他事，洗洗脸就好了。你只有三分钟。

* * *

父亲就像大理石块，巨大的方块，高度抛光，布满脉络和缝隙，方方正正地摆在你的面前。他们挡住你的路。你不可能爬过去，也不可能从旁边滑过去。他们就是“过去”，而且极有可能是蜿蜒滑行的，假如你想象的滑行是指在不引起注意的情况下毫发无损地绕过某地的迁就性行为。如果你想绕开一次，你就会发现另一块（还冲着前面那块眨了眨眼）大理石再次神秘地拦在前进的道路上。或者它们其实是同一块石块，它用父亲才有的速度不断前进。仔细看看它的颜色和质地。这块巨大的方形大理石是不是和一块一分熟的烤牛排有着同样的颜色和质地？这就是你父亲的肤色！不要试着从中得出太多结论，显而易见的结论就足够了，就是正确的。有些父亲喜欢穿上黑色的袍子，去外面分发圣餐，在黑袍外还要加上十字褡、披肩和白麻布圣职衣，只不过穿上身的顺序刚好与此相反。关于这些“父亲”我不会讲太多，只会称赞他们没有野心，而且懂得牺牲与奉献，特别是贡献出自己的“富兰克林命名权”，或者说，是献出第一个儿子与自己同名的权利：富兰克林·爱德华·阿尔比埃尔二世。在所有可能存在的父亲中，长满毒牙的父亲是最不受欢迎的。如果你能把你的套索套在他的一颗毒牙上，然后快速将另一头收紧，并将它在你的马鞍凸起的一角上缠绕几圈，如果你的坐骑是一匹训练有素的套索马，他会知道该怎么做，他知道如何绷紧他的前掌，再小心翼翼地退后几小步，保持绳索紧绷，然后你的机会就来了。不要尝试同时套住两颗毒牙；首先将注意力集中在右边这一颗上。要一颗一颗地来，这样你就是安全的，或者差不多是安全的。我曾经见过一些老朽发黄、六英寸长的毒牙像这样被拔出来，还有一次，在一个海港小镇的鲸鱼博物馆，有一枚十二英寸长的毒牙被误认，被贴上了海象牙的标签。但是我立马就认出它了，那是一颗父亲的毒牙，有它独特的形状，那种长了六个角的牙根。我很高兴我从来没遇到过那位父亲……

* * *

如果你的父亲名叫希拉姆或者扫罗，立刻逃进树林。因为这些是国王才有的名字，而你的父亲希拉姆，或者父亲扫罗，却不是国王，不过在他身体的某个隐秘的地方，肯定还潜藏着关于王族的记忆。没有谁比一位前国王——或是一个在身体各种黑暗通道之中潜藏着关于王族记忆的人——更加黑心、更加乖戾的了。取这类名字的父亲认为自己的家在卡美洛[①]，他们的朋友和亲属都是朝臣，阶级地位随时会因为他们自己内心情绪最细微的变化而攀升或者跌落。任何人永远无法确定自己在某个特定的时间点到底是在“向上走”还是“向下跌”，就好像一根羽毛，飘浮在空中，没有任何可以落脚的地方。关于国王父亲的暴怒，我晚一点再讲，但是你一定要明白，当名为希拉姆、扫罗、查尔斯、弗朗西斯或者乔治的父亲发怒（当他们确实发起怒来）时，他们和那些黄金时代的尊贵先辈们如出一辙。在这种时候，立刻逃进树林，或者再早一点，在巨大的短弯刀或者长弯刀从刀鞘中跃出之前逃离此地。面对这样的

① 亚瑟王传说中的城堡，亚瑟王朝黄金时代的标志。

父亲，正确的态度是像蛤蟆一样，低声下气，吃喝玩乐，游手好闲，马屁逢迎，或者做个势利的人。如果你无法逃进树林，那就屈膝跪地，一直保持这种低姿势，单膝跪地，垂下头，双拳紧握，直到天亮。到那时，他可能已经喝酒喝到酣睡，你或许可以悄悄爬走，爬到你的床边（假设你的床还没有被夺走）；或者，如果你饥肠辘辘，可以凑到桌旁，看看桌上还有什么残羹剩饭，除非一直都很勤快的厨子已经用透明塑料薄膜把所有的剩菜打包拿走了。在那种情况下，你也只能啃啃大拇指了。

* * *

父亲的毛色：红棕色的父亲可以信赖，大部分情况下如此，不管他是标准的红棕色、血红的红棕色还是桃花心木的红棕色。在以下情形中他很有用：(1) 在交战的不同部落之间进行协调磋商；(2) 在你搭建桥梁的时候，负责接下那些烧得通红炽热的铆钉；(3) 试镜出演主教大会中的主教；(4) 坐在副驾驶的座位上；(5) 协助抬起一块十八平方米的镜子的一角穿过城市的街道。暗棕灰色的父亲会在障碍物面前怯场，所以，你不会想要这种颜色的父亲，因为从某个角度来讲，人生充满了各种障碍，他的持续怯场只会让你紧绷的神经慢慢化成一坨糨糊。那些像肝脏一样深棕褐色的父亲以体面和理智闻名；如果上帝命令他拿出自己的刀子，用它割断你的脖子，他或许会说“不用了，谢谢”。那些像尘土一样土灰色的父亲会选择拔出刀子。浅棕褐色的父亲则会征求别的意见。标准棕褐色的父亲则会将目光瞥向一侧，看向东方，那里正举办一场更加有趣的舞会。栗色的父亲很容易变得激动，他们在需要聚集人群或者召集暴徒的情况下多半会被雇用，同样，在类似于加冕和施私刑这一类的场合中也需要他们。金黄色的父亲是个例外：他满足于自己发出的光芒，满足于自己的名字（约翰）和自己在隐形帝国骑士会中拥有的终身会员身份。在失败的刺杀行动中，刺客通常会是一位忘记打开望远瞄准镜镜头盖的金黄色的父亲。鹿皮色的父亲熟读法律，充分了解混杂在一起的各项权利，他可以帮你推进一些隐秘的项目，比如，他可以解释为什么有时在鹿皮色的父亲身上会沿着脊椎——也就是从长着鬃毛的位置一直到尾巴根——长出一道长长的黑色条纹：那是因为他一直在追逐真正的美，他认为自己身上长一道黑色斑纹会更加美丽，这极大地衬托了他那一身公鹿皮般的古铜色，绝对比没有强。红沙色的父亲、蓝沙色的父亲、玫灰色的父亲和灰褐色的父亲因为具备下流的品质而闻名，这一点倒是值得鼓励，因为下流是一种很神秘的特质，通常不会因此产生一位父亲；这本身就是对这种行为的一种奖励。斑点、色块、花斑、黑白斑和阿帕鲁萨种马的花斑纹，在他们这种低等的斑纹中却产生了一种甜美的尊严感，而且闻起来棒极了。一位父亲的颜色并不能严格、准确地代表他的性格和行为，却总像一个终将实现的预言，因为当他看到他自己身上的颜色，他就会匆忙冲到这个世界上，推销自己的商品和服务，以此加快追赶属于自己命运的步伐。

＊＊＊

父亲和哄抱幼儿：如果一位父亲养育了女儿，我们的生活就会轻松许多。女儿就是用来哄抱的，通常父亲会一直哄抱她们，直到她们十七岁或者十八岁。这样一来就存在必须要面对的危险，父亲会想要和他美丽的女儿睡觉，毕竟从某方面来说，她是他的，即便他的妻子也并非完全属于他，即便他最宠爱的完美情人也并非完全属于他。有些父亲只会说一声“那就公开吧，让众人谴责吧！”，然后和他们新鲜又性感得惊人的女儿们睡觉，并接受之后痛苦会逐渐加剧的事实；大部分的父亲不会这样做。大部分的父亲在这方面足够自律，给自己的思想戴上枷锁，如此这个问题就永远不会从脑子里冒出来。当父亲们给自己的女儿进行“健康”指导时（也就是说，给她们解释交配繁衍的过程）（但在我的经验里，这件事主要由母亲完成），确实可能会冒出那么一星半点的欲望，让当时的场景不再单纯（当你拥抱并亲吻坐在你膝盖上的那个小女人时，很难判断什么时候该停下来，很难让自己不要继续下去，让自己意识到她并不是一个与你毫无血缘关系的成熟女人)。但是在大部分情况下，父亲们不会破坏这样的禁忌，同时还会附加额外的限制，比如:“玛丽，永远不要让那个肮脏的约翰·威尔克斯·布斯把手放到你赤裸、白皙、新鲜的乳房上。”尽管到了现代，有些父亲会更加迅速地向前探索，讲述未来的事，比如:“这里，玛丽，这是你的桶，装满五十加仑专杀婴儿的泡沫，你的姓名首字母用一种更深的蓝色写在上面了，看到了吗?在最顶上写着呢。”但是，关于父女关系最关键的一点在于，作为父亲，他们并不认真。我并不是指他们对女儿不认真——我也听说过一些女儿们令人惊讶的故事——而是指他们对自己不认真。女儿们的父亲们把自己当作这场盛大博览会中的荣誉参展商，这对他们来说实在是放下了一个巨大的包袱。他们不需要教女儿们如何投掷投棒。因此，他们倾向于采取一种更温和、更温柔的方法(与此同时，他们也依然用铁腕控制所有赋予父亲这个身份的特权——扇巴掌指导系统就是一个例子)。关于父女关系，我已经无法再多说，尽管我也是一个女儿的父亲。

* * *

一顿谴责:“不管是谁只要心里藏着欺骗和其他不正义的念头并且在不正义的行为中感到快乐并且毫无秩序地前进时不时走到一旁进行无谓的争辩然后成为一个偷盗者一个骗子一个

替人作伪证的家伙任凭自己陷入暴怒和自我怀疑的情绪从不知感激一直以来非常自恋用愚蠢又无知的问题引发争端并且偷偷溜进别人家的房子带走了愚蠢的女人让她们陷入欲望的泥沼发明了很多邪恶的事情拥抱争论遵循四处诽谤的原则嘴巴里充满了咒骂和怨恨让她们的喉咙变成了打开的坟墓嘴唇下面藏着角蝰的毒液一直炫耀一直怀抱不切实际的奢望在信仰方面意志薄弱用他的放荡污染脚下的土地并且玷污了圣物鄙夷我所珍视的圣物还做出许多下作的事对他人进行嘲笑还在自己身上涂满了没有调开的灰泥，还有不管是谁，如果一个女人曾旅行至亚述帝国就为了让她穿着蓝色衣袍的爱人们用手抚摸她的胸部，那些骑兵队长和统治者，令人爱慕的年轻男子，骑着马的骑兵，骑着马的骑兵压在她的身上凝视她赤裸的身体弄伤她从未被人抚摸过的乳房在她的身上宣泄他们的淫欲，骑兵队长和衣着极尽所能奢华的统治者对她宠爱有加，骑着马的骑兵，腰间缠绕着腰带，用更多的情夫增加她的淫荡程度，这些情夫的皮囊就像驴子的皮囊，胯下那家伙就像种马的那家伙，伟大的贵族和统治者穿着蓝色衣袍骑在马上：这个男人和这个女人，我说，他们将被烈酒和悲伤淹没，仿佛一个盛满糟粕的罐子糟粕在罐子里糟粕还没有溢出来在罐子下面为大火做的准备已经完成木柴已经堆了起来火被点燃了罐子里面添加了香料骨头在燃烧然后罐子被倒空放在煤堆上黄铜把手可能很热也可能会烫到手罐子上的污渍可能熔化到汤里了，熔化的残渣可能会被罐子吸收，一直以来你都在为谎言担心，你体内的残渣也没有因此从你身体里面喷出来，你体内的残渣应该被投入火中随后我会夺走你双眼中闪烁的欲望。你不记得我还和你在一起的时候就把这些事情都告诉你了吗？”

* * *

一共有二十二种父亲，其中只有十九种比较重要。吸毒的父亲不重要。像狮子一样的父亲（稀少）不重要。神圣的父亲不重要，对于我们的目的而言不重要。某位父亲从天上坠落，脚踝落在脑袋应该停下的地方，脑袋落在脚踝应该踩在的地方。这位坠落的父亲对我们所有人而言都有重大意义。风将他的头发吹向四面八方。他的脸颊像飞机机翼一样几乎就要贴到耳朵边上。他的衣衫破碎，诉说着真相。这位父亲能够治愈被疯狗咬出的伤口，也可以为利率进行波动设计。当他一路下落的时候，他都在想些什么？他在思考过度的情感宣泄。浪漫主义运动，及其戏剧性的、病态的、神秘的、色情的探索！坠落的父亲注意到他的几个儿子身上也呈现出浪漫主义趋势。那几个儿子开始在他们的帽子上装饰一条条生培根，还会出声反对利率的波动。他明明为他们付出了那么多！那么多的自行车！那么多的保姆[①]！数不尽的电吉他！坠落，下坠中的父亲开始

① 原文为法语。

谋划自己铁拳一般的惩罚，下定决心不会再犯同样的错误，不会不负责任地令善心泛滥。他仍在想着自己的上升进程，尽管这件事在现阶段来看进展并不顺利。只有一件事可以做得到：加倍努力！他决定，只要他有机会暂停他目前所处的“下落”状态，他会付出双倍努力，这一次真正做到全力以赴。下坠的父亲很重要，因为他象征着“职业道德”，这种特质有些傻气。应该尽早用“恐惧道德”将其替换。我们望向天空，看着他无休止地坠落，让我们干脆地耸耸肩，收起我们本打算用来接住他的蹦床，重新把它放回到车库里木筏的顶上。

＊＊＊

要想找到迷失的父亲：想要寻找迷失的父亲，首个难题毋庸置疑是丢掉这个父亲。有时，他总会离开家到外面游荡，然后自己就走丢了。有时，他会待在家里，这却是真正意义上彻底的“迷失”，他把自己锁在楼上的房间里，或者某个工作室里，沉浸在对美的冥思中，或者对某种秘密生活的冥思中。也许，在每个夜晚，他都会拿起他那根手柄镶金的拐杖，把自己裹在黑色斗篷里，然后离开，在咖啡桌上留下一个密封好的洗衣袋，里面是可以找到他的地址，以防战争爆发。战争，众所周知，许许多多的父亲迷失在战场，有时暂时走失，有时永远消逝。父亲经常在各种各样的远征中迷失（包括通向内心世界的旅程）。寻找此类迷失的父亲有五个最佳地点：尼泊尔，鲁伯特王子港，厄尔布鲁士峰，巴黎和古罗马集市。父亲最容易迷失于其中的五种植被，分别是针叶林、以常青植物为主的阔叶林、落叶阔叶林、针叶阔叶植物混杂的树林和苔原。父亲们最后一次被目击到时总会穿的五种衣物，分别是宽松长袖衫、丛林夹克衫、派克大衣、南部联邦的灰色制服和普通西装。拥有这些线索，你甚至可以在报纸上刊登寻人广告了：一位父亲于二月二十四日前后在巴黎走丢，喜爱阔叶植物，身高六英尺二英寸（一米八八），穿着蓝色宽松长袖衫，也许随身携带了武器，危险人物，我们不确定，喊他“老山胡桃”时他会答应。有赏金。等完成了这项无用的任务，你就有充足的时间思考到底什么才是真正重要的事。你真的想要找到这位父亲吗？如果你找到他后，他对你说话的语气和迷失之前一模一样呢？他会不会再次把钉子扎进你母亲的身体里，扎在胳膊肘和膝盖窝里？要记得那杆标枪。你是否有充足的理由相信他绝对不会又一次划破七点钟的夜空？我们要试图做出的决定其实很简单：你希望生活在什么样的环境里？是的，他“紧张地把玩着红酒杯的杯茎”。你难道希望在二十一世纪的最后二十五年里一直看他做这种事？我觉得你不想。让他带着他的这些怪癖和它们代表的预兆去婆罗洲吧，这些对于婆罗洲来说还算是新鲜事。也许，在婆罗洲，他还是会紧张地把玩某物的茎部，但是他绝不会有足够的勇气去制造本身就是某种标志的爆炸。把烤好的东西扔到镜子上。在别人试着说什么的时候打一个嗝，像突然撑开的巨伞。揍你，要么用一根潮湿、打了结的生皮鞭，要么用一根普通的腰带。忽略桌子顶头那张空着的椅子。心怀感激。

＊＊＊

拯救父亲们：哦他们痛扁了他一顿，他们用斧头砍他，他们用钢锯劈他，但是我和我手下的男人们很快就赶到了现场，所以情况还不至于太糟糕，首先我们发射了各种颜色的烟幕弹，有黄色、蓝色和绿色的，让他们吓了一跳，尽管如此他们还是不肯放弃，他们举着八一式自动步枪对着我们扫射了一通，与此同时还不忘继续对他施以重击。我派出一队男孩从左侧靠近，攻击他们，但他们在那边也布置了一些人手专门应对这种情况，我的手下与他们的支援队伍陷入激烈交火，我别无他法，只能从正面发起攻击，我们就这样行动了，至少我们缓解了他的压力，因为这些人不可能在抵御我们攻击的同时还对他施以毒手。我敢说，我们重创了他们，他们退回左侧，与那边的人手汇合，我方负责侧面攻击的队伍按照我的指示停止行动，并没有追击这些逃兵。这一仗我们干得不错，有一些人受伤，但也就这一点损失。我们马上开始执行另一项任务，开始包扎他的伤口，血流不止的巨大伤口，还好我们的医护人员相当高明，他们围着他忙个不停，他没有任何抱怨，也没发出一点声音，连一点哀叹都没有，毫无动作。伤口主要在右胳膊上，胳膊肘稍微往上一点的地方，我们在那边留了一些纠察队员，他们待了几天，直到他胳膊上的伤口开始愈合，我觉得这次拯救任务很成功，我们回到家中，等着下一次任务。我觉得这是一次非常成功的援救。至少是一次合格的援救。

随后，敌人派相扑运动员攻击他，那些穿着兜裆布的高大肥硕的男子。作为反击，我们派出了兜裆布飞毛贼——我们手下一些最棒的兜裆布飞毛贼。我们很成功。上百名赤身裸体的胖子落荒而逃。我又一次拯救了他。随后，我们唱起“热纳维耶芙，哦，热纳维耶芙”。所有的中士聚集在阳台前，放声高唱，还有些应征入伍的士兵也加入其中——这些士兵已经在这个机构里待了很长时间了。他们在暮光中放声高唱，左侧有一堆湿漉漉的兜裆布恰好燃烧起来。当你将一位父亲从任何可怕威胁中拯救出来，有那么一瞬间，你会觉得，他并不是父亲，你才是父亲。只是在那一瞬间。这是你生命中有如此感受的唯一时刻。

* * *

父亲的生殖器官：父亲们通常都会将阴茎藏起来，不接受那些“非俱乐部成员”的审视，“非俱乐部成员”，这是个流行说法。这些阴茎具备魔力，但大多数时候都无法发挥出来。大多数时候，它们都处于“休息状态”。在“休息状态”下，它们很小，几乎皱缩成一小团，很容易就藏在木匠的围裙、皮套裤、泳裤或者普通裤子里。事实上，你不会想让任何人看到这种状态下的它们，它们更像是小蘑菇，也有可能是大号的螺丝钉。在这种时候，那种魔力潜藏在父亲身体的其他部位（手指尖、右臂等）而不是阴茎里。偶尔，一个小孩——通常是胆子很大的六岁女孩——会要求看看这家伙。这样的要求应该被准许，但只有一次。而且只能在清晨时分，你还在床上的时候，而且只能在没有晨勃的某个清晨。是的，让她碰碰它（当然了，是轻轻地），只能是快速地摸一下。不能让她在此逗留或者对此产生过于浓厚的兴趣。摆出就事论事的样子，态度温和，不要闹出太大动静。在这种时候，假装那玩意儿就像大拇脚趾一样平平无奇。然后，平静地，避免不必要的慌乱，将它重新盖起来。要记住，她只是得到允许“碰碰它”，而不是“握住它”，这个区别很重要。如果是儿子的话，你就必须要有一套自己的判断了。恐吓他们并不明智（也没有必要），你还有很多其他的方法可以达成目标。硬下疳这种性病就是一个很好的拒绝的理由。当父亲们的阴茎勃起了一半——通常是因为偶然看到的景色而兴致勃勃，比如瞥见美女的一只美足踢掉了脚上的拖鞋——在场的父亲们会交换一个心领神会的微笑（更微妙的是似是而非的微笑），然后这件事就此打住。勃起一半只能算一种折中的策略，亚里士多德很明白这一点，也正因此，博物馆里的大部分阴茎都被锤子砸掉了。因为这些雕像的雕塑师无法承受来自亚里士多德的批评，所以他们宁可毁掉自己的作品，也不愿让这位伟大的逍遥学派创始人有机会对它们进行嘲讽。有人提出，这些损毁的行为都是后来的（基督教的）“清洁小分队”实施的，这种说法并不正确，只是纯粹的谣言。事情的真相就像我刚才讲述的那样。那亢奋起来、疯狂地完全勃起的阴茎只能展示给那些激起这种亢奋的人，只能放在他或者她的唇边，用他们的吻来缓解那种饥渴。父亲们的阴茎还可以做很多其他事，但是这些事都已经被其他人充分描述过了。父亲们的阴茎从各个方面而言都要比不是父亲的那些人的阴茎更优异，不仅仅是因为更大、更沉或者类似于此的考量，更是因为他们具备一种形而上的“责任感”。即便那些贫穷、邪恶或者癫狂的父亲也不例外。来自非洲的手工艺品反映出了这种特殊的情况。大部分前哥伦布时代的手工艺品则不能体现这一点。

* * *

父亲们的名字。父亲们的名字如下：

巴德盖尔

巴尔博瑞斯

巴尔德温

巴尔基尔

巴苏思

巴苏尔

巴特阔尔

比尔费尔斯

贝里

比格萨

比纳

比酷

伯奇

伯德

布莱夫

布莱克

布拉顿

伯阿米尔

鲍勃

伯蒂尔

布阿鲁

布海尔

布尔

布塔托尔

比雷特

我认识一个叫亚摩斯的父亲，他是萨瑟克区熊园的主人。众所周知，亚摩斯是一个有原则的男人，不管自己的钱包有多么干瘪，他永远，永远，永远不会吃掉自己的任何一个孩子。尽管如此，那些孩子们还是一个接着一个地消失不见了。

* * *

我们能看得出，在做父亲这件事上，最重要的一点就是“责任感”。首先，那一大块厚重的蓝色或者灰色的天空并不会掉下来碾碎我们的躯体，牢固的大地也不会在我们身下变成因重压而扭曲的深坑（尽管那些挖掘隧道的父亲有的时候会误打误撞地为这种情况负责）。父亲的主要职责在于保证自己的孩子不会死掉，有足够的食物填满他的嘴巴来维持生存，有厚实的毯子保护他不受刺骨冰冷的空气的侵袭。父亲们几乎总是满怀勇气和坚定的决心来面对自己的职责（除非出现了虐待儿童、拐卖儿童、滥用童工、病态又邪恶地培养儿童性奴的情况）。大部分情况下，孩子会生存下去，生存下去并成长为健康、正常的成年人。很好！这样父亲便成功完成了自己繁重且通常不被人感激的育儿工作。干得漂亮，萨姆，你的孩子已经在部落里找到了属于他的位置，他有一份很不错的工作，负责售卖热电偶，他娶了一个你喜欢的好女孩，而且已经使她怀孕，毫无疑问，她很快就会给这个世界带来一个新的孩子。而且她不会在监狱里分娩。但你有没有注意到每当萨姆二世看着你的时候，他的嘴角都会出现一个微妙的弧度？那意味着，他并不希望你给他取名为萨姆二世，另外还说明了两点，他在左边裤腿里藏了一支短筒霰弹枪，在右边裤腿里藏了一把弯钩，他已经做好了准备，只要有机会，随时都可以用其中一样宰了你。父亲大吃一惊。在这种一触即发的对峙时刻，他通常会说："当初可是我给你换的尿布，小兔崽子。"这可不是此时该说的话。首先，这并不是事实（十次里有九次都是做母亲的来换尿布）；其次，这马上提醒了萨姆二世他究竟为何而发狂。他发狂的原因在于当你是个大人的时候他还是个小不点，但不是的，不是这个原因，他发狂是因为当你充满力量的时候他那么弱小无助，但不是的，也不是这个原因，他发狂是因为当你的存在必不可少时，他的存在更像一种连带责任，也不是这么回事，他发狂是因为当他爱着你的时候，你并没有注意到。

* * *

父亲的死亡：当一位父亲死亡时，他作为父亲的属性自动回归于"万父"，即所有逝去的父亲的总和。（这并不是对"万父"的准确定义，只是他的一种性质。）父亲这种属性回归于"万父"，首先因为那里就是父亲的归属，其次是因为这样一来你就无法再接触到父亲。有一些很恰当的仪式会伴随这种权力的转移而开展，父亲的大礼帽会被烧毁。你现在没有父亲了，你只能学会处理曾经拥有的关于父亲的记忆。通常情况下，这种回忆比一个活生生的父亲还更有存在感，有一种来自体内的声音在发号施令，在高谈阔论，在不停地说着是或不是，仿佛某种二进制代码，是不是是不是是不是是不是，统治着你的每一个——既有心理上也有肢体上的——哪怕是最细微的动作。究竟在哪个时间点你会真正成为你自己？从来没有完整的自我，你总是有一部分属于他。他在你内耳深处独占一个位置，这是他的最后一项特权，没有哪个父亲会拒绝这样的“特殊待遇”。

同样，嫉妒也是一种无用的激动情绪，因为这种情绪通常都在面对同龄人时发作，然而这个方向从一开始就是错的。只有一种嫉妒心理很有用而且也很重要，那就是最原始的嫉妒。

* * *

弑父：弑父是个糟糕的点子，首先因为这违背了法律和传统，其次因为这毫无疑问证明了父亲针对你发出的每一项指控都是正确的：你是一个坏透了的家伙，一个弑父者！你已经属于那一类被公认为病态存在的人群了。有这种冲动的情绪很正常，但是千万不要真的付诸行动。而且也没必要这么做。你完全没有必要屠杀你的父亲，因为时间就会慢慢将他杀死，这是既定无疑的现实。你有其他真正的任务。

作为一个儿子，你真正的任务在于复制这本手册中提到的所有暴行，但是不要这么残暴。你必须成为你父亲那样的人，但是你得比他更苍白、更弱小。这些是作为父亲必不可少的行为，但你要是仔细研究，就可以不像你的上一任那样投入，如此你可以迈进一个行为体面的黄金时代，内心平静，狂热尽褪。你的贡献并不小，“小”的是你应当对标的目标。如果你的父亲是D炮台的一名上尉，那该兵团的下士身份就应该令你满足。不要参加每年的聚会。不要在聚会上喝啤酒或放声高歌。一开始的时候，每天练习在镜子面前小声说话半个小时。然后每天花半小时把你的手绑在身后，或者让别人帮你完成这个动作。之后，选择一种你牢牢坚持的信仰，比如你坚信你所获得的荣誉都来自你自己的努力，再放弃这种信仰。朋友们也会帮助你放弃它，如果你开始有堕落的迹象，他们还会接到电话通知。你看到了这种模式，依照它进行实践。做父亲这件事，就算无法被消除，至少也可以在你这一代被“弱化”——只要我们所有人齐心协力。

当他们读完这本手册，朱莉说，这看起来有一点苛刻。

是的确实有一点苛刻，托马斯说。

或者这些都还不够苛刻？

这要取决于做出判断的人的经历，由此判断到底是过于苛刻还是不够苛刻。

我讨厌相对主义者，她说着，将这本书扔进火堆。

18

道路震颤。尘土。汗水。女士们在交谈。

帮你掰断你的拇指。

那是你的看法。

走一走。

雪花，带有回声，像风滚草一般。

正好落在嘴里，还有一辆四轮马车。

他的篮子高高鼓起。

我知道。

对不屈不挠的完美精神的渴望有时会让我想起贝登堡勋爵[①]。

我知道的。

有没有口信？

---

① 罗伯特·贝登堡（1857—1941），英国军官、作家、国际童军运动创始人。

右边的睾丸嗡嗡作响。

有的时候忘记了，用到太多颗牙齿。

可以吃一片这个。会让你感觉好一些。

动机是什么？

我从一开始就怀疑他。

在他目前已经快速衰退的事业刚刚起步的时候。

在最贫穷的家庭里，火上烤着坚果和甜麸皮。

扯碎皮毛和掉毛的蓝色天鹅绒。

这附近哪个地方能让这副身体找点乐子？

某些挑衅是政府无法处理的。

一阵长长的狂喜以及其他精神上的体验。

他很高兴。

不能自已。

在微妙的平衡中有什么在颤动。

用银猴的皮毛装饰的遮羞布。

他很高兴。

感觉才是最重要的。

做出一种表态。

你是他的第二任妻子？

第二任或者第三任他经常撒谎。

我觉得他做得出这种事。

没人保护这个孩子的权益。

用泡泡糖糊住你的脸然后尽情吮吸你的奶嘴。

看到一个戴着棕色帽子的独轮车骑手。

我不喜欢憎恶什么。

我以为听到了狗叫声。

递给他一条黄色毛巾，他塞进了自己的裤裆。

从来没人因此死掉。

从她的臀部开始一点点往下挪。

时而伴随着音乐时而伴随着对话。

发出一声胜利的大吼然后将整只活鸡处理掉。

他长得还不错。

我注意到了。

我们不可能比现在这样更开心了。

山羊把它们的前腿靠在一起，搭在档案柜上。

感觉才是最重要的。

那个房间是什么样的?

灰色的房间和白色的天花板。

那个房间是什么样的?

耸了耸肩眼泪突然喷涌而出。

长袍及地一条黄白相间另一条是煮熟大虾的颜色。

在微妙的平衡中有什么在颤动。

满足于吮吸一个黑色的脚趾尖。

我申请更多的时间让我把这些文件全部摊在他们面前。

我谢过那个体形硕大的黑人女子，撤退回来。

如果之前的协议和现在的一样的话我绝对会找个视线以外的地方撒尿。

她追求的是自己的直觉。

他说你年轻的时候我还是尊重你的。

这种事对大提琴演奏家而言再正常不过。

她生日的时候送她一个罗斯特罗波维奇[①]用过的琴轴。

她表示感激，一共眨了三次眼睛。

母亲。

印刷出来的电路图对自己进行了再版。

你让他看你的东西吗?

我采用了一种鲁莽却又友好的语调。

也许害怕她会把它摔在地上。

也许害怕。

正好在他的一对肩胛骨之间抓住他。

在远古时代这样的组合通常都会生出怪物。

这不像是我的风格。

在一个漆黑的夜晚醒来，眼睛里插了一根刺。

那是我的事。

靠近它并表现出一种无法取悦的厌恶。

① 姆斯蒂斯拉夫·罗斯特罗波维奇（1927—2007），俄国大提琴家、指挥家。

那是我的事。

岁月因可怕的压力留下了印记。

那封信是个败笔但我还是把它寄了出去。

那是你的看法。

差不多。那是我的看法。

精神失常半身长毛满脸皱褶的家伙。

母亲。

问我想不想玩。我注意到每一块零件都是黑色的。

我在《世界报》上读到过这个。

他不知道自己会遇到什么。

送来甜美雨水的使者。

让玉米不断结出饱满的果实。

小资产阶级媒体讲述这些故事。

那个英俊得不可思议的侍者一直在倾听。

桌布下面一直放着复写纸。

编织那些手握抓钩。

吃掉他的孩子他们说。

她红色的双唇紧紧贴在我的鼻梁上。

我能让你的日子不好过。

你的图腾是什么？

信用卡。

当你老了你住在一个小房间里小而整洁你不再拥有任何铙

钹他们会将你身边的铙钹拿走。

那是葬礼上的挽歌不是舞蹈。

不要再斤斤计较，不要试着割断彼此的喉咙。

总是很快就夸赞另一个女人美丽。

肯定绝对百分百是负面影响。

如果不是真的绝不这么干。

希望刚好在合适的时间告知你。

有些人会用骆驼的唾液。

在睡梦中牙齿像云母一样片片脱落。

他们喜欢吮吸。

他们真的很喜欢吮吸。

坐在某处台阶上看着停在此处的汽车车胎发出嘎吱嘎吱的声响。

羞耻感，让我们中的许多人像狨猴一般。

山魈置身事外，用他们清澈、睿智的眼睛注视一切。

非常忙碌地进行各种安排。

渴望理想主义。

杂货店的老板腰间戴着枪套带。

一切都如此明显。

我吃惊地发现他金黄色的尿液中有一段紫色条纹。

这并不神秘。

几颗被割下的头颅沿着铁轨插在棍子上。

一些男人带着擦得锃亮的钢管。

我也不确定自己是否明白问题出在哪里。

弦乐四重奏进行得并不顺利。

鞭打她的马裤，直到腾起一片白色浮沫。

我并没有特别想加入其中，但是在最后一次的分析中能感觉出它有多重要。

爱挑剔并没有错。

就要变成一桩丑闻。

会对大脑产生涓滴效应。

像一只蓝色的小狗一样脸红。

是的，战争之后。我不否认这一点。

你肯定学过英语。

这只是看待这件事的一个角度。

你有空的时候可以向我挥手示意。

从来没能真正掌握窍门。

他是个了不起的钢琴家。

我们只要有机会就会提醒他。

把我们的帽子抛到空中。

挨揍是很久以前的事情了而且也没有那么不规律。

可能会用到一辆卡车或者几匹马。

那是你的看法。

那个狗杂种。

那是你的看法。

把椅子摆在这里和那里的方式很优雅。

见鬼了我觉得没那么优雅。

安静地散步想着自己的事。

回忆，离开，返回，留下。

要分开看这几个部分。

用他们的话说就是各种观点大爆炸。

在草坪上开茶话会了。

草坪！

恶棍坐在右边，英雄坐在左边。

当他再度回到同伴之中，他禁不住回忆起自己曾经见过的景象。

一个煮沸的大脑和一个烧焦的大脑。

数百万只鸟都接受了。

行路人头顶上的天空暗下来。

最主要的是要行动起来。

外面有明晃晃的阳光照在雪地上。

我可以美餐一顿并观赏大街上的景色。

你和我在一起是安全的。

有时候会在博物馆里看一两幅画作。

有时候。

我不介意住在酒店房间里。

士兵们，马儿们，农民们，裸着身子的女孩子们。

弹吉他。

他弹得非常好。

上百人蹲在一起组成一个巨大的半圆。

把我们的帽子抛到空中。

那个狗杂种。

控制是主题。

他干净利落地干掉了他们。

这是威胁吗?

许多营房的条件都非常差。

搬走一箱箱市政债券。

她的数字相当虚假。

因为这世上的人们都快窒息了。

渔夫们在他们的渔网里发现死去的婴儿。

血块男孩，水罐男孩，都是过去的英雄。

在午后跌跌撞撞就像身处暮色之中。

镇子里传说，他会穿内增高鞋。

用彩色粉笔在她身上写字。

她的双眼似乎在用一种隐秘却真诚的好奇目光扫视这群人。

某些人认为他比帕斯卡本人病得更厉害。

用纸杯喝伏特加。

那个时候她突然胡思乱想。

甚至就连我也喜欢那种淡淡的回忆。

求偶灾难。

她都给自己讲了哪些故事?

他说他的胸口有一块木板。

玛尔戈医生纠正了伊莱亚斯医生没能纠正的毛病。

时而伴随着音乐时而伴随着对话。

大提琴斜靠在墙壁上。

来一点吧。

那是什么?

土豆。

谢谢你。

递给他一条黄色毛巾，他塞进了自己的裤裆。

我申请更多的时间让我把这些文件全部摊在他们面前。

出于对我的爱他曾经做过一件事。

你会让他看到它吗?

我会觉得他有好几个小时都维持着这个姿势进行思考。

除了老鼠和昆虫，蛀虫和松鼠。

我注意到一个高个子的年轻男人在跟你的丈夫讲话。

正好在他的一对肩胛骨之间抓住他。

心理上的惩罚。

当我试着和她谈这件事，她会转移话题、打哈欠或者发出咯咯的笑声。

到处都有英雄的残骸。

他干净利落地干掉了他们。

挠了挠她的屁股，好看的脚踝。

还有其他什么同性质的事吗？

被头发吊着。

有一个男人正在汽车顶上行走。

某种能够挽救局面的方法。

真正的爱情故事具备能够持续一生的特点。

还有其他什么同性质的事吗？

在一个漆黑的夜晚醒来，眼睛里插了一段电波。

我们聊天。

聊些什么？

那是我的事。

那么也许他对你很友善。

一系列失败的试验。

在艰难的条件下你表现得很出色。

有些动物的大脑会勒断他们的食管。

岁月因可怕的压力留下了印记。

执拗地避免自己收集到之前提到过的所有信息。

即便脾气不坏，也很无礼。

那封信是个败笔但我还是把它寄了出去。

这太好了而且还能缩减监狱人口。

我很吃惊居然能在这家酒吧里看到他。

他非常年轻。

到处都有英雄的残骸。

他们当中很多人都会被法律或者感情羁绊所束缚。

平静地盯着远处的某个东西看。

为我们锵锵地敲响他的睾丸。

如果你想兴奋一点的话，可以吃一片这个。

水泥里埋了一个带环螺栓，他被绊倒了。

河岸缀满各色鲜花，各种向阳植物。

我不确定我是否真的明白问题出在哪里。

你想要巧克力还是草莓?

草莓。

草莓最好了。

那是你的看法。

不管用什么方式都要想办法处理它。

压力一直在持续累积。

那是你的看法。

你的双手和舌头。

你想把它放在哪里?

一种处理警报的优雅方式。

我觉得没那么优雅。

保佑我吧，父亲，我曾经犯下罪过。

骑着两条腿的马。

一瘸一拐地奔向未来。

遭到各方的热切拒绝。

一队又一队的木头士兵行进着穿过矮矮的门框。他们的脑袋都被敲掉了。

你和我曾有一次谈到过这些。

四个强壮的男人抬过一块在火上精心烹制的牛排并把它放在他的面前。

只有一件事一个简单的小规则。

用憎恨的心面对他们爱着的人们。

参加这场户外[①]派对。

这附近哪个地方能让这副身体快活一下？

所有人都很狂热。

他永远都要做苦工永远都陷在自己的思绪中不得休息。

他长得还不错。

那些驯鹿，好家伙，雪花被踩碎了。

从他的胸口撕下几片肉并放在小圆面包上。

你和我在一起是安全的。

如果你相信这个那么你就错了。

---

① 原文为西班牙语。

沮丧的神情，萎缩的胡须，耳鸣，年迈，长满皱纹，苦涩，一吹风就有毛病。

所有人都很狂热。

行路人头顶上的天空暗下来。

全神贯注研究从前的日记和回忆录想要找出关于过去的线索。

大部分人都会用非凡的技巧隐藏他们的感受。

哪儿都去不了也不能实现任何进展。

上帝也许会令我吃惊。

外面明晃晃的阳光照在雪地上。

在午后跌跌撞撞就像身处暮色之中。

明天总会有另外的机会。

希望刚好在合适的时间告知你。

旧硬币，雕塑，羊皮卷，法令，手稿。

天气变得寒冷然后暖和起来。

哪儿都去不了也不能实现任何进展。

控制是主题。

控制和激起水花。

照片……

19

九点了？

十点。

十点的时候我得检查那些男人的房间。十一点如何？

我觉得可以安排到十一点。让我看看我的记事本。

她看了看自己的记事本。

那就十一点吧，她一边说一边在本子上标注。在树下？

在星空下，托马斯说。

那些大树，朱莉说，看起来就像雨帘。

如果没有下雨，就在星空下，托马斯说。如果下雨，就在树下。

或者在树篱里，朱莉说。湿答答的，还滴着水。可以作为遮挡。

你们在安排什么？亡父问。会是一次幽会吗？

没什么，朱莉说。没什么需要你劳神的，亲爱的老家伙。

亡父将身体重重砸在地面上。

但是我应该拥有一切！我！我的！我自己的！我是父亲！都是我的！过去一直如此，以后也会一直如此！所有的祝福都来自于我！所有的祝福也都会回到我身上！永远永远永远永远如此！阿门！最神圣的父灵！

他又在咀嚼泥土了，朱莉注意到这一点。人们还以为他已经厌倦这一套了。

托马斯开始唱歌，嗓音动听。

亡父停止咀嚼泥土。

这个我很喜欢，他说着，用自己金色长袍的袖子擦了擦嘴。

您啊您，托马斯用动人的嗓音放声歌唱，就是这个王国，就是力量源泉，就是荣——光，永远远远远远远远远远远远远远远远远远远远远远远远远远远远远远远啊……

这个我喜欢，亡父说，我一直都很喜欢这首歌。

托马斯停止歌唱。

顺便一提，他说，把你的护照给我。

为什么？亡父问。

我会替你保管。

我可以保管好我自己的护照。

很多人会弄丢自己的护照或者不小心放错地方，托马斯说。我会替你保管好它的。

你很好心，不过没这个必要。

丢失护照或者放错地方是很严重的事。许多人对待护照都极其马虎，特别是上了年纪的人。

我一直都很小心地保管我的护照。

特别是那些上了年纪、记忆模糊或者健忘的人，这是随着年龄增长会出现的一种症状。

你的意思是说我已经老了？

亡父脸色可怕。

哦不是的，托马斯说。你并没有年老。一点都不是这么回事。我只是觉得让我来保管你的护照会更好一些。毕竟我们一直都在跨越各种边境。把你的护照给我吧。

不，亡父说。我不要。

我知道曾经有一位老人弄丢了自己的护照，或者是将它放错了地方，托马斯说。在某个国家的边境，他被边境的警察拦了下来，他找不到护照，也不知道自己把它放哪儿了。他就那样站在边检站，手忙脚乱，疯狂翻找自己的行李箱，使劲拍打自己的胸膛，把所有的口袋都翻了个底朝天，然后又重新回到行李箱里四处翻找。边境卫兵刚开始还饶有兴致地容忍他，后来逐渐失去耐心，其他人在他身后排起长队，各种游手好闲的人和看热闹的人在周围闲逛着嘲笑他。更不用说和他同行的伙伴，他们在所有能敲打的地方紧张地敲击手指。整群人都被迫转过身，返回出发地，而这一切都是因为这个老笨蛋以为自己有能力保管好自己的护照。

亡父把手伸进自己的斗篷里，拿出一本磨得破破烂烂的绿皮护照。

谢谢你，托马斯说。你看到了吗？它都被折弯了。

仔细检查护照，可以看出上面有各式各样的折痕。

只折了一点点，亡父说。

严格意义上讲，个人的护照也是执政政府所拥有的财产，所以不应该被折弯，哪怕只是一点点。一本折弯的护照会让人质疑护照持有人的能力。

我不喜欢这一套，亡父说。

什么？朱莉问。什么，亲爱的老家伙，你不喜欢什么？

你们正在谋杀我。

我们吗？不是我们。怎么说都不会是我们。是过程在谋杀你，不是我们。是势不可挡的过程。

对我来说既势不可挡又毫不相干，亡父说。但愿如此。

从语法的角度来说“但愿如此”不能这样用，托马斯说。

你很安全，亲爱的老家伙，你暂时是安全的，我们会温和地呵护你，朱莉说。

什么玩意儿？

“温和”的意思就是我们会温柔体贴地照顾你。

我周围都是些恐怖残忍的书呆子！亡父大喊，简直无法忍受！

托马斯递给亡父一本色情漫画。

好了好了，他说，不要发脾气。看看这个吧。它会让你有点事做的。

我不想有事做，亡父说。小孩子才会这样被迫找事情做。我想加入你们！

那是不可能的，托马斯说。你有色情漫画读就应该谢天谢地了。坐下，开始读吧。坐好了，背靠在石头上。要感谢主赐予你的一切。其他人得到的更少。这里有个背包，你可以夹在后背和石头之间。这里有一把手电筒，可以拿着它读色情漫画书。十点的时候埃德蒙会拿阿华田给你。你就知足吧。

树丛。星空。每一棵树都表现得很好，每一颗星星都表现得很好。有夜晚气味的香水。

托马斯躺在地上，身体呈十字形。

朱莉在边缘处徘徊。

朱莉亲吻托马斯左腿内侧。

托马斯维持 A 号姿势。

朱莉亲吻托马斯的嘴巴。

托马斯维持 A 号姿势。

朱莉弓起身子，一只手放在自己的两腿间。

托马斯看着朱莉的手。

在朱莉双腿之间的毛发中闪闪发光。

朱莉的小腹轻轻动了动。

托马斯看着朱莉的手（仰起脖子来看）。

朱莉亲吻托马斯的下体。

托马斯的小公鸡几乎完全立了起来，但还有一点摇摆。

朱莉舔了舔。

托马斯感到愉悦。托马斯的臀部动了动。

朱莉点燃香烟。

托马斯维持 A 号姿势。

朱莉抽着烟，看着托马斯。

朱莉抽着烟，一只手（第二根手指）在自己的双腿上来回移动。

托马斯做出各种动作。试图看清楚。朱莉抽烟。把烟递给托马斯。

托马斯抬起头，用嘴叼住香烟。抽了两口。

朱莉拿走烟。手放在两腿间。

朱莉抽着烟，看着托马斯。

托马斯维持 A 号姿势，像之前约定好的那样。

朱莉的手在自己的双腿上来回移动。

托马斯盯着朱莉的手。

托马斯做出各种动作——大部分时候都是突然抽动。

朱莉的一条腿抬到空中。

朱莉维持着托马斯刚好无法触碰的距离。托马斯像之前约定好的那样呈十字形躺平。

托马斯的那家伙几乎和托马斯的身体保持九十度垂直。

朱莉吮吸。

托马斯用左手抓了抓鼻子，这违反了约定。

朱莉吮吸的时候，乳房朝着两边晃来晃去。

托马斯盯着那对乳房，伸长脖子，身体紧绷。

朱莉站起身来，把第二根手指放进双腿间，凝视着托马斯。

托马斯发出啧啧的声音。

朱莉双腿分开，跪坐在托马斯的右腿上，开始来回蹭。一次一次又一次。

朱莉把自己的指尖递给托马斯，托马斯含在嘴里舔着。

朱莉把玩着托马斯的小家伙，它几乎和托马斯的身体保持九十度垂直。

朱莉一只胳膊肘撑地，躺在离托马斯十二英寸的地方，啜饮着一杯威士忌。她的手放在两腿之间。

托马斯盯着她的手，盯着她的臀部，盯着她小腹的肌肉。

朱莉小腹的肌肉一起一伏。手在双腿之间，两眼紧闭。

托马斯维持 A 号姿势。

朱莉的一条腿抬到半空中。

朱莉站起来，然后蹲下去。对着托马斯高耸的朱蕉露出嫩绿的菜心。

把朱蕉握在手里。把朱蕉像假阳具一样玩弄。

托马斯盯着朱莉的脸。

托马斯维持 A 号姿势，这样一来就不会违反先前的约定。

朱莉长时间把玩托马斯的那个魔术道具袋。

朱莉扭了扭屁股，转过身上下亲吻托马斯的小公鸡。

托马斯用舌头舔一切能触及的地方。

托马斯感到愉悦。朱莉感到愉悦。

朱莉的屁股扭动起来，朝右边，朝左边，诸如此类。

只有三个音节的短促咏叹调。

诸如此类诸如此类诸如此类诸如此类。

几点了？朱莉问。

快一点了，托马斯说。

还有多远?

几乎就要到了，托马斯说。也许还有一天的路程。最多二十四小时。

朱莉大哭起来。

20

托马斯将一份用蓝色纸张包裹的文件递给亡父。

这是什么?

读一读，托马斯说。

这是份遗嘱。

是一份遗嘱，亡父说，谁的?

我们觉得你最好采取一些预防措施，托马斯说。很多人都没有做好充分的准备。

我不想立遗嘱，亡父说。

没人想要立遗嘱，托马斯说。但这样做比较谨慎，我们觉得凭你的智慧你应该完成这一步。

我的智慧。亡父说。无穷无尽。无可比拟。但我还是不想立遗嘱。

谨慎和智慧是你最强大的两个特质，托马斯说。

真是活见鬼！亡父说，我不会这样做的。我还很年轻。

托马斯抬头望天。

当然，一切都取决于你自己，他说。如果你希望你的身后事杂乱不堪乱成一团七零八碎……

我还很年轻！亡父说。

你当然还很年轻，托马斯说，我们都是这样。但是你体内的某根血管随时都可能爆裂。我已经找到它了。沿着你的右腿生长的一根血管，谁知道呢，谁知道它离开大腿之后又延展到了哪里。留下了潜在的血栓危机。我不想吓唬你，但是你应该想象得出那个画面。

我的老天啊，亡父说，我不会立遗嘱的。

托马斯在空中挥了挥手，示意自己已经耗尽耐心，也没有兴趣再追求正确的做法。

我该把一切留给谁？亡父问？谁值得我这么做？

我应该说，没有谁。也许留给整个国家。第一步是列出清单，你能告诉我这个国家是由什么组成的吗？

幅员辽阔，亡父说。我也不知道。需要咨询我的管家。

你的管家已经被放走了，托马斯说。

卢克吗？卢克走了？谁批准他走了？

我觉得这是最好的选择，托马斯说。

那现在谁在照料一切？

我想那人的名字应该是威尔弗雷德，托马斯说。

可威尔弗雷德不是卢克，亡父说。

是我们能找到的最好人选，托马斯说。你对自己的财产规模完全没有概念吗?

哦我倒是多少有点概念，亡父说。他拿出一本小小的黑色口袋本。

你要把这些都记下来吗?

托马斯点了点头。

亡父清了清嗓子。

在萨克森有多块土地，他大声念道。

这样讲相当模糊，托马斯说。

呃，亡父依然保持平静，就是这么回事。让我继续说吧。各类存款证明总数合计——

合计什么?托马斯问。

这些都是零散的不同的数字，没有列出最终合计，亡父说。但如果有人愿意合计一下的话，总数应该挺大的。

他又翻了一页。

一位胡桃色的少女，他念道。女王。立体音响。一对饶舌雀。我的一群乌鸦。一包租来的东西。十一头离群的大象。其中一头得了白化病。我的酒窖。大约一万两千瓶酒。生病时可以口服的平板印刷品。两百个样本。我的印刷品收藏，一共九千种。我的剑。

你的剑已经没有了，托马斯插了一嘴。

我的剑已经没有了，亡父说，但我还有一把备用剑，留在城市里。我的第二好的剑。镶嵌了珠宝的剑鞘，那些玩意儿。

达母施塔特城外的一片花田。一层层的花瓣。我的温室和盆栽大棚。威尔弗雷德应该都清楚。胡顿、明克、普兰克和鲍登给我雕塑的半身像。我的餐巾环。四千册神秘哲学文论。多达一百一十八本关于基克拉迪文化的著述。我的凿子：直凿、短弯凿、长弯凿、V 形凿、U 形凿、三十二分之五英寸凿、八分之三英寸凿。四把斜刃凿。我在歌剧院的包厢。我收集的本尼·莫顿专辑。我的索耐特牌摇椅。军团。

你会把军团留给谁？

你想要吗？

我要军团做什么？托马斯问。

可以组织游行。可以安排军团晚宴。摊开再收起各色军旗。保卫边疆。向旁遮普推进。

让我们先暂时搁置这个问题，托马斯说。还有别的吗？

还有很多，很多，亡父说，但是让我们把它们都归到“附带事物”名下。你想要女王殿下吗？

从没遇见过那位女士，托马斯说。要我说还是不要了。同时，我是一名见证人，而见证人是不能接受馈赠的。我不愿通过任何方式在这次的交割中获益。我只希望把一切打理清楚。

打理清楚，亡父说，这倒是个不错的形容。

朱莉是见证人，爱玛也是见证人，我还了解到那群男人当中的某个人应该做公证人。

我会让军团自辖自治，亡父说。这样应该就没问题了。你有遗嘱模板吗？

有的，托马斯说。要我念出来吗？

念吧。

“这份遗嘱建立在如下共识之上，发行人、监管人或者此后进行一切交割的代理人在遗嘱被实施时都无须担负任何责任……”

是这样开始的吗？

不，前面还有个“鉴于”。我只给你念那些看起来不太对劲的段落。

继续念。

“……在把所有的权利、头衔、利益转让给以下列出的任何受托人之后，发行人、监管人或代理人都必须完全将受托人视作此类馈赠的唯一主人。无论何种馈赠，无论是现金还是其他财物——”

比如那个军团，亡父说。

“……应在一定时间内按照条款进行分配，如上提到的发行人、监管人或者代理人被授予全部权利，必须将应有之物支付或转交给以下列出的受托人，而且对转交后的使用不予承担任何责任。”

他停顿了一下。

这写的还真是撇清了不少责任，亡父说。这是哪条条款？

第四条，托马斯说，也许你会更喜欢第五条。“在此，我保留自己的权力和权利——”

是的，亡父说，我更喜欢这一条。

“在我有生之年——”

不，亡父说，我并没有更喜欢这一条。

有生之年和将死之时，托马斯说，正是遗嘱关注的事情。

没错，亡父说，我就是不喜欢这里，被提醒到这一点。

你不必因这样的细节困扰，托马斯说，你受到完完全全的保护，我可以跟你保证。你需要做的只是在这上面签字。

我还很年轻。而且谁会从中受益？

我一点都不在乎，托马斯说，随便挑个人。东西也可以。

埃德蒙，亡父说。

埃德蒙？

他排在最后，亡父说，排在最后的应该成为第一个。

埃德蒙？

我已经下定决心了，亡父说。

那就如你所愿，托马斯说，我们必须很慢很慢地告诉他这件事，不然他会因此死掉的。

把这个消息打包，一点一点告诉他。首先就从餐巾环开始。

托马斯把见证人聚集在一起，准备仪式。

公证人说：你是否认可这份文件为你的最终遗嘱，你是否希望这份文件被认证为遗嘱，你是否自愿在这份遗嘱上签字？

是的，亡父说。差不多。

那是什么意思？公证人问。

差不多是的，亡父说。

那到底是是的还是不是的？

是的，我猜是这样。

公证人看着托马斯。

我听到了“是的”，托马斯说。

公证人说：你是否要求这些人见证你的签名，并制定实施遗嘱的宣誓书？

是的，我要求，亡父说。

见证人请举起右手。你们每个人是否都能独立宣誓，证明亡父将这份文件认定为最终遗嘱，并且说明他自愿如此？

他是这样做的，托马斯、朱莉和爱玛说。

他是否当着你们的面签字？那时他是否看起来神志清醒，符合法定年龄，而且没有受到任何外力影响？

他有过神志清醒的时候吗？朱莉大声自言自语。按照你和我的定义，从严格意义上来说？

他有他自己的独立意志，托马斯说，这一点很清楚。

我一直都很喜欢他，爱玛说。

证人们能否直接回答问题？

是的，证人们说，他当着我们的面签字，符合要求。

你们是否当着他以及其他人的面签署了自己的名字？

我们签了。

这件事完成了，公证人说，白兰地在哪里？

托马斯为所有人倒上白兰地。

这应该会让你感觉好很多，公证人对亡父说。很谨慎的一步。谨慎，谨慎。

亡父狂怒。

谨慎就是狗屎！

21

你们两个孩子已经陪我走了好多公里，亡父说。

确实如此，朱莉说。

你们很少考虑自己是否舒适。你们自己的事。毫无疑问你们肯定也有许多自己的事。你们一直不停地跋涉跋涉跋涉跋涉。都是为了我。

情况确实如此，朱莉说。

那你们自己是怎么回事？你们两个人的人生？

这是什么意思，怎么理解？

你们的人生意义是什么？你们生命的本源是什么？当一切都结束，你们会做些什么？

朱莉看了看托马斯。

当一切都结束，我们会做些什么？

托马斯摇了摇头。

如果你不介意的话，我宁愿不回答这个问题，她说。

为什么?

我也没有答案。

我知道，亡父说。

人总觉得自己可以回答这类问题，不是吗。

人们的确会这么想。

没有一个准备好的、极具说服力的、能够让所有人都听明白的答案真的令人很不痛快。

我能想象出那种感觉。

也许能换个答案，说说自己想象中的生活。或者讲讲你现在究竟都在做些什么。

这两个选择都不错，亡父说。同时，两者之间的统一性和差异性也让人很感兴趣。

啊！朱莉说。

我希望我没有惊到你。

我得说你确实惊到我了。

老年人其实并不会真心喜欢年轻人，亡父说。

一个骑在马背上的人正在靠近。

是那个一直跟着我们的人，朱莉说。

我在想他究竟是谁，爱玛说。

我知道这是谁，托马斯说。是母亲。

马停了下来。母亲坐在马背上。

母亲，托马斯说，我们需要商店里的一些物品。

说吧，母亲说。

一袋十磅重的面粉。没有漂白过的那种。

母亲拿出一支铅笔和一个信封。

一袋没有漂白过的十磅重的面粉，她说。

我们还需要大蒜、培根、汤力水、辣根、丁香、细香葱和菊苣。

大蒜、培根、汤力水、辣根、丁香、细香葱、菊苣。

我们还需要香烟、辣椒粉、抛光银器的小苏打、蛋黄酱、来苏防腐消毒液、油炸面包丁和酸辣酱。

香烟、辣椒粉、抛光银器的小苏打、蛋黄酱、来苏防腐消毒液、油炸面包丁、酸辣酱。

我们还需要鸡蛋、黄油、花生油、苦艾酒、牛肉高汤和烤肉酱。

鸡蛋、黄油、花生油、苦艾酒、牛肉高汤、烤肉酱。

我们还需要洗涤粉、洗手皂、打火机油、无花果酥和网球。

洗涤粉、洗手皂、打火机油、无花果酥、网球。就这些吗?

就这些了。

很好，母亲说。

谢谢您，母亲。

母亲拉紧缰绳，掉转马头走远了。

我对她的印象不是很深刻了，亡父说。她的名字是什么?

她名叫母亲，托马斯说，请让我保管你的钥匙。

我的钥匙？

是的让我保管你的钥匙。

我需要我的钥匙。

拜托，请让我保管它们。

没了钥匙我就什么都打不开了。

我会替你妥善保管的。

有些东西需要我的钥匙才能处理，亡父说。有些东西需要被打开再关起来。锁起来或者开锁。关上或者打开。启动或者停止。

我会替你妥善保管的。

没了我的钥匙我会非常不舒服的！亡父说。

人们说礼拜一会掀起狂风暴雨，可是礼拜二也一样糟，托马斯说，把你的钥匙给我。

亡父把钥匙交给托马斯。

22

巭。嫑。[1]了不起的闹剧嫑上上下下摇动跷跷板。会疼吗。我反复强调。不要晚餐厅。良心能抵一千个证人[2]。已经造成了这样的结果，现在去哪儿？现在做什么？精神凌驾物质[3]我想做好这件事，做好这件事。高贵典雅。哦！现在已经足够了[4]，巭。可悲的是特别的是在抓屁股之夜整晚约会这都是为了大家好。父亲节来终结这一切。我能明白这些事但是听着，听着，让我们回去。回到梦遗的时候。回到湿漉漉的梦里。那时的巭是个年仅七岁的小男孩，和他们其他人一样。噼里啪啦。我反复重申啊重申啊重申啊重申，噼里啪啦。还记得有些古老的父亲节那时四处堆满礼物，各种各样的代表团自我介

---

① 此处原文分别为“Andl”及“Endl”。

② 原文为拉丁语。

③ 原文为拉丁语。

④ 原文为拉丁语。

绍，厌恶各种音乐，不管有多好[①]，我当时好开心好开心，就是个小家伙，被所有人疼爱，被所有人尊尊尊尊敬。充分终结享受根据终结协约终结制造出的终结狂热情绪。他们那天会用各种锅碗烹饪，还会点燃篝火，摇响铃铛，狂欢，蛩是那天的主角，头戴桂冠，穿着金色的袍子，对天致敬。他们来到这里，蛩面对着成千上万的人群，他们跪倒在地，我正确并优雅又甜美地反复重申重申重申重申再重申。代表团的领袖含含糊糊地说了些关于少女的事，有多少少女？蛩回复说蛩现在不像过去那样对少女充满兴趣了。他的变化多么大啊[②]！他说着但是严肃一点严肃一点现在问你到底有多少少女她们都是怎么打扮的？然后蛩重复说我不像过去那样满脑子都是少女了但是为了表示依然遵从习俗和传统和光荣我还是会接受她们但是只会全心全意[③]犹豫地接受一个红色头发和一个黑炭色头发和一个棕色软发和一个金发如玉米穗般的少女没有什么比习俗更重要[④]然后就是一个有两只乳房的少女一个擅长驯鹰术的少女一个哲学少女一个天生内心充满悲伤的少女诸如此类诸如此类诸如此类在那个父亲节里一共接受了四十四个少女。那个节日前夜她们都来到我的卧榻前所有人都那么可爱咯咯笑个不停一直转身甩动着小肚子，那天晚上蛩用红辣椒烹制了许多婴儿。我是万

① 原文为拉丁语。

② 原文为拉丁语。

③ 原文为拉丁语。

④ 原文为拉丁语。

父之父但我从来没有搞清楚搞清楚耋到底是哪一种动物。终结一切都包裹在终结未解之谜中。从来都不知道什么是什么。我重新捍卫我的决定和我的姿态但是已经没有时间没有时间没有时间了。终结一切都陷入终结纠缠。有些事情我从来都不知道是怎么回事什么让人行道成为灰色的什么让遥远地平线另一边的高大石碑来回晃动在遥远的地平线另一边日夜不停晃动什么让树上的叶子长满纤维友谊是怎么回事什么让心脏停止跳动独角兽怎么会被困在壁毯里，这些事我从来没搞明白过。但耋曾经张开手掌打出去一共一百八十五万六千七百次巴掌，还扇了两千两百万零九千八百个耳光。孩子，我不会打你的，我不会打你的除非你强迫我这样做。该死的小浑蛋。日夜不停，这都是为了大家好。耋从来没想要过这些这些都是强加给我的。无力的终结危险境地。这不是一个健康的终结环境。不断重申不断重申根据我的知识和我的信仰我会像从前的耋一样尽我所能主宰一切让胜者获得荣誉[①]。本可能出现另外的情况，我本可以拒绝。本可以公开放弃。到处流浪当个老好人游历整个世界。在某个地方开一家小商店，售卖马姆齐甜酒和棒冰。努力走向终结。走向争吵中的终结。心内膜心内膜炎。够了够了我们还不想回到老爹那套。让我们开个派对吧。拜访一些老朋友，四处传递老爹爆米花。再次举起我的爹本海默上古利器。那把安

① 原文为拉丁语。

古瓦达利剑！曾在我最辉煌的时候伴我左右！不明白！不想要！我欺骗你会被骗我欺骗了受骗了[①]！我统治的疆域！噼里啪啦。最庞大的数量中最棒的就是我手下的一个负责人。我心怀悲悯，尽我全部的可能。我做到了尽我所能！绝对如此！没有任何一点疑问！不喜欢！不想要！噼里啪啦哦拜托了噼里啪啦[②]

① 原文为拉丁语。

② 此处原文无标点。

23

随后他们来到一个巨坑旁，那里围着数以百计撑着黑色雨伞的人。雨。男人们放下缆绳。

就是这个了，托马斯说。

哪个？亡父问。

这个。

这个挖出来的大坑吗？亡父问。

是的。

朱莉看向别处。

他们来到大坑边缘。

谁在地上挖了这个大洞？亡父问。这里要建造什么？

什么也不建造，托马斯说。

这个坑有多长，亡父一边观察一边问。

足够长，托马斯说，我觉得足够长。

亡父又一次看了看大洞。

哦，他说，我明白了。

还有这些，他指着那些来送葬的人，他们是被雇来的还是自愿来的？

他们都希望致以敬意，托马斯说。

各种花朵编织成的巨大花环围绕在坑边。

没有金羊毛吗？亡父问。

托马斯看了看朱莉。

在她那里？

朱莉掀起了裙子。

相当金黄，亡父说，相当浓密。这样就结束了？

就是这样了，朱莉说。非常遗憾。但这样不错了。这就是生命的终结。一个好问题。你我都要面对。我很抱歉。

相当金黄，亡父说，相当浓密。

他伸出手想要触碰。

不要，托马斯说。

不要，朱莉说。

我甚至都不能摸一下？

不能。

哪怕经历了这么漫长艰辛的——请允许我说一句，安排得极其糟糕的——旅程？都不能碰一下吗？我还能做什么？

你需要进入洞里，托马斯说。

去洞里？

在洞里躺平。

然后你们会把我覆盖起来?

推土机就在山的另一边，托马斯说，已经在等着了。

你要把我活埋掉?

你已经不是活着的了，托马斯说，想起来了吗?

回忆是件难事，亡父说。我不想躺在洞里。

很少有人想。

雨落在所有旁观者的身上。爱玛用手帕擦拭眼角。朱莉站在一旁，提起裙摆。

我只把手放在上面一下都不行吗?亡父说。当成最后的请求不行吗?

拒绝，托马斯说。很不得体。

朱莉走到亡父身边，重新整理好衣裙。

我亲爱的，她说，我最亲爱的，躺到洞里去吧，我会陪着你，会握住你的手。

会疼吗?

会的，她说，但是我会陪着你，并且握住你的手。

这样就结束了?亡父说。这就是终点了吗?

是的，她说，但是我会陪着你，并且握住你的手。

你只能做到这些吗?

是的，她说，我一直都尽力做到最好，我会陪着你，并且握住你的手。

在这之后就什么也没有了吗?

别这么想，托马斯说，需要我帮你解开缆绳吗?

他们一起帮着亡父把躯干上的缆绳解下。

我并没有真的被愚弄到，亡父说。一分钟都没有过。我一直都知道。

我们知道你知道，托马斯说。

当然我曾经心怀希望，亡父说。苍白无力的希望。

这我们也知道。

我表现得还好吧?亡父问。

出人意料的好，朱莉说。极好。我再不会见到比你完成得更好的了。

谢谢你，亡父说。非常感谢。

托马斯把他的手放在露在裙子外面的金羊毛上。

这很可爱，亡父说。我满心爱慕。

很快，盖上厚厚的黑色泥土，朱莉说。很悲伤但是确有必要——

哦，亡父说，要是能再活一会儿就好了。

那个我们倒可以安排，托马斯说。如果你愿意的话再多活一会儿也可以。

亡父在洞里舒展长长的躯体。从边缘处落下成块的黑色泥土，落在巨大的尸骸上。

我现在已经在洞里了，亡父说，声音在洞壁上回荡。

多么洪亮的声音，朱莉说，我在想他是怎么做到的。

她跪下来，紧握住一只手。

令人无法忍受，托马斯说。宏大。我在想他是怎么做到的。

我现在已经在洞里了，亡父说。

朱莉握着一只手。

再等一会儿！亡父说。

推土机来了。

图书在版编目（CIP）数据

亡父 /（美）唐纳德·巴塞尔姆著；周媛译. -- 海口：南海出版公司，2022.8
ISBN 978-7-5735-0166-0

Ⅰ. ①亡… Ⅱ. ①唐… ②周… Ⅲ. ①长篇小说－美国－现代 Ⅳ. ①I712.45

中国版本图书馆CIP数据核字(2022)第043921号

著作权合同登记号 图字：30-2019-031

亡父
〔美〕唐纳德·巴塞尔姆 著
周媛 译

出　　版　南海出版公司　(0898)66568511
　　　　　海口市海秀中路51号星华大厦五楼　邮编 570206
发　　行　新经典发行有限公司
　　　　　电话(010)68423599　邮箱 editor@readinglife.com
经　　销　新华书店

责任编辑　黄宁群
特邀编辑　梅　清
营销编辑　李筱竹　王　靖
装帧设计　李照祥
内文制作　田小波

印　　刷　河北鹏润印刷有限公司
开　　本　850毫米×1168毫米　1/32
印　　张　7.5
字　　数　142千
版　　次　2022年8月第1版
印　　次　2022年8月第1次印刷
书　　号　ISBN 978-7-5735-0166-0
定　　价　59.00元